光文社文庫

おじさんのトランク
幻燈小劇場

芦辺　拓

光　文　社

おじさんのトランク

幻燈小劇場

——本日は「おじさんのトランク　幻燈小劇場」にご来場いただき、まことにありがとうございます。

開演に先立ちまして、ご来場のみなさまにお願い申し上げます。客席内での飲食はご遠慮ください。また当劇場は全館禁煙となっております。

携帯電話、スマートフォンなどは、ほかのお客様のご迷惑となりますので、マナーモードではなく必ず電源をお切りください。上演中の撮影、録音、録画は固くお断わりいたします。

演出上の効果のため、開演後は非常口の誘導灯をふくめ全ての照明を切りますが、地震その他の非常の際には点灯いたしますので、係員の指示に従って避難してください。

まもなく開演でございます。ロビーにおいでのお客様はお席についてお待ちください。

それでは、どうか最後までごゆっくりお楽しみくださいませ……。

第1話　おじさんのトランク

1

天井の客電《きゃくでん》が、場内をほんのりと照らし出す。そこにはすでに誰の姿もなく、ただ陽気な歌声が流れ来るばかり——。

さあ閉幕、カーテンフォール
愛し憎み、殺し殺された人々が
素《す》にもどり手をつなぎ、一同礼！
多少は辻褄《つじつま》合わなくっても
納得できない点あったとしても
今は余韻《よいん》にひたり、お席を立って——

これでおしまい、お帰りはあちら！

「これでおしまい」（アーデルベルト・シュミットシュタット作詞作曲、鬮目屋吉太郎《くじめやきちたろう》訳）

キャストの生歌を録音に切り替え、客がはけたあとも流れ続けていた音楽が、ふいにプツッと途切れた。

ちょうどそのとき、楽屋からロビーに出た私は、そのノイズに冷や水を浴びせられたような気がした。

「これでおしまい《ディス・イズ・ジ・エンド》」——ミュージカル映画のことをシネ・オペレッタといった時代までは、さすがにさかのぼらないとしても、ずいぶんと古い歌なのは確かだ。

だが、今度の芝居の締めくくりにはちょうどいい。若い観客には逆に新鮮に響くらしく、けっこう評判がいいようだ。

どうせなら、この音楽に送られて小屋をあとにしたかったが、音響係だって早く帰りたいだろうし、しかたがない。あとは脳内での演奏ですませ、鼻歌で満足することにしよう。

――さっきまで客でごった返し、あちこちであいさつが交《か》わされていたロビーは、今はもうひっそり閑《かん》としていた。

聞こえるのは、清掃モップのかすかな響きだけ。スタッフの姿はないではなかったが、私から声をかける相手もなく、「お疲れさま」の一言もくれるものはなかった。

フーッと、やけに長いため息が口から流れ出た。何十年もの役者生活といっても、しょせんこんなものだ。

出待ちなどというものには、今も昔も縁はない。打ち上げに出るのも昨今は億劫《おっくう》になってしまった。

誘われずにすむよう、楽屋をなるべく遅く出るようにした。効果はてきめんで、あっという間に飲み会に呼ばれなくなってしまった。

だから今は、とっととメーキャップを落として帰路についても同じだ。とはいえ、若い衆から誘われないのも、それはそれで寂しい。

たまに行きたくなることもあるが、こちらから水を向けて煙たそうな顔をされるのは、もっと寂しい。

そんな事実を思い知らされたくないものだから、結局楽屋でグズグズしなくてはならない。われながらバカな話ではあった。だが、今さらしかたがない。

——劇場の外に出たとたん、背後の照明がすべて落とされた。

ここは商店街のはずれにあって、周囲はほぼふつうの住宅。その一角に小ぶりではあるがレトロモダンな外観をそびやかせていた建物は、なかなかの異彩を放っていたが、それも今はただの書き割りと化してしまった。

私は何だか寒々《さむざむ》しい思いで、上着の前をかき合わせた。そのまま小走りに駅への道を急ごうとしたそのとき、

「よう、よければちょっと付き合わないか」

背後から聞き覚えのある声が、私を呼び止めた。聞き覚えどころか、とうに聞きあきて、とりわけ疲れたときには聞きたくない声だった。

2

舞台は静かに回り——三十分後、ばかに遅くまでやっているかわり、ばかに苦いコーヒーしか飲ませない喫茶店で、私は彼と向かい合っていた。

店内には、マッドサイエンティストの実験室かと思われるようなフラスコやレトルトの親玉みたいなものが並び、けっこう詰まった席には小難しげな顔をした客たちがむっつりと押し黙っていた。

彼は演劇プロデューサーで、私とは長い付き合いだった。この間たまたま、何がきっかけで知り合ったか、何が最初の仕事だったか思い出そうとして定かでないのに驚いてしまった。要はトシを取ったということだが、つまりそれほど当たり前のように、ともに舞台づくりをしてきたということにしておこう。

これは映画の話だが、プロデューサーにはどんな能力が必要かと訊かれて、競輪選手が自転車に乗れないといけないぐらいの重要度で「金を集める」ことだと答えた人がいる。その点での彼の能力は私にはよくわからないが、節約すべきところは思い切り切り詰める男だということははっきりしていた。それが証拠に、

（よりによって、ここかよ）

私は案の定苦《じよう》すぎるコーヒーを口に運びながら、内心つぶやいていた。

連日の舞台と、寄る年波の両方にくたびれた相手を、なじみのカクテルバーにでも案内してくれるのかと思ったが、すっかり当てが外れた。

せっかく今夜は、疲れすぎて眠れないといったこともなく、熟睡できそうだったのに、こんなところで目を冴《さ》えさせてどうする――と内心腹が立った。

だが、先方にすれば、それこそが目的だったようだ。というのは、彼はいつになくまじめくさった顔で、ブラウンオークの椅子に座り直すと、こう切り出したからだ。

「実は、来期の公演のことなんだがな、君に任せてみようと思ってるんだが、やってみる気はあるかい」

あまりの唐突《とうとつ》さに、とっさに何を言っているのか理解できなかった。もっとも、劇団のプロデューサーという仕事柄、発言の内容自体は当たり前すぎるほど当たり前なものだった。

「任せるって、いったい何をだ」

思わず聞き返した私に、彼は当然じゃないか？　と言いたげな表情で、

「何もかもさ。企画・演出・主演……一人芝居でもいいし、あまり大人数にならなければ、それ以外でも可だ。一度、何もかも自分の思い通りにした舞台をやりたいと言っていたろう？」

「そりゃ言ったし、役者ならやってみたくはあるけれども……いきなりそんなことを言

われても、返答に困るよ。とっさにはいいネタも思いつかないし」

私は困惑気味に答えた。うまい話、とりわけ自分にとってのそれには眉にツバを付けがちなこともあった。

だが、先方は私がもったいぶっていると思ったか、こちらの眉毛にじかにツバを飛ばしそうな勢いで、

「そんなことはあるまい。ほら、いつだったか、あんたの思い出話を聞かせてくれたことがあったろう？　それも一度や二度じゃない。親戚だか何だかのおじさんに風変わりな人がいて、子供のときにはいろんな話を聞かせてくれたり、珍しい写真や土産品を見せてくれたりしたって……いくら最近はお互いボケ気味だといって、まさか忘れたとは言わせないぜ」

思いがけない発言に、一瞬虚《きょ》を突かれた思いだった。あいにくプライベートなことに土足で踏みこまれて平気な方ではない。かといって動揺したところを見せるのも癪《しゃく》な話で、

「そりゃむろん、覚えてはいるさ。だが、君がそんなことを覚えていた方が、僕にとっちゃ驚きだね」

意味もなくまぜ返してやった。だが、先方はどこ吹く風といった感じで、

「何も驚くことはないさ。あまり君は自分自身のことを語りたがる方ではないし、昔話にふけっているところも、あまり記憶にはないが、唯一の例外が、その〝おじさん〟のことだったからね。しかも、それがすこぶる面白かったときては……ね」

「そうだったかな」

「そうだったとも」

彼はおうむ返しのように答えた。そのあとに続けて、

「こう見えて、おれはあんたという役者を買ってるんだぜ。それだけに、このところすっかり落ち着いたというか、ズバリ言ってしまえば覇気《はき》に欠けてきたあんたを見て、歯がゆくも感じていた」

「………」

私には反論の言葉はなかった。ただちょっと眉をひそめ、苦笑いを浮かべることしかできなかった。彼はさらに続けた。

「まあ、あんたというベテランを生かし切れていないとしたら、そいつはとりもなおさずプロデューサーであるところのおれの責任だ。だから、おれなりに考えたわけさ。あ

んたにしかできない役、あんたでなければできない舞台というのはないものか、とね」

「それは、どうも」

私はことさらぶっきらぼうに、礼を言った。そのあと、遅まきながらハッと気づいて、

「で……それが、あの〝おじさん〟の話というわけかい」

「それ以外、何があるというんだよ」彼はあきれ顔で、「とにかく、おれのカンでは、その人の話はふくらましようではいくらでも面白くなる、とびきりの芝居に仕組むことができそうだ——そう思ったんだよ。激動の二十世紀の空隙《くうげき》を縫い合わせるように生きた一人の男、その中には歴史上の大事件や重要人物と危うくクロスしたり、派手にすれ違ったり……」

「そんな話、したっけかな」

私が首をかしげると、彼は半ば憤然《ふんぜん》としながら、

「したとも。自分から聞かせといてひどい奴だな。おれのイメージの中にあるのは、テリー・ギリアムの『バロン』だな。現実の戦争の中に飛び出してきたミュンヒハウゼン男爵。彼のとめどない物語に耳を傾けるのは幸薄い少女サリー……」

「ほら男爵扱いかい。何だか話が違ってきてるような気がするが……」

そう突っこんだものの、ここに来て、ようやく私にも見えてきた。いったい何年ぶりだろう、自分がメインの舞台について話を聞くなんて……。

これまで主役を張った経験は一度や二度ではないが、それはもう薄ぼんやりとした遠い過去。今日、同じ舞台を踏んだ年下の役者たちの誰一人として、見たことがないのは確実だ。

もし実現したとしたら、私というロートル、昨今の言葉でいえば「老害」を少しは見直してくれるだろうか。だが、手放しで喜ぶには、少しばかり早かった。

「確かにありがたい話ではあるが、しかし——私はあの人について、そんなにくわしく知っているわけじゃないんだよ。いくつかのエピソードやちょっとした出来事は見たり聞いたりしてはいるが、どこで生まれ、何を学び、どんな風に生きてきたかについては、よく知らないんだ。はたして、どんな舞台になるやら、そもそも芝居になるのかどうか、見当もつかないのが本当のところなんだよ」

「何だ、そんなことか」

彼はあっさりと答え、飲みさしたコーヒーの残りをグッとあおった。

「それなら、あんた自身が調べて歩くんだな。それを台本に織りこんでゆく。そうすりゃそれが、あんたにとっては役作りにもなる。となれば一番演出ができるのは、あんたということになるし、まさに一石何鳥とも知れない……そうじゃないか？」

まっすぐに私を見すえた目からは、彼が本気であることがはっきり示されていた。


〝おじさん〟というのは——おじさんのことだ。ただし伯父さんでも叔父さんでもなく、ただ昔からそう呼びならわしていたというだけのこと。

親戚であることはまちがいないようなのだが、どのような関係か正確には知らない。血縁と言っても、私と直接血のつながりがあるのかどうかは、よくわからないまま今日まで来てしまった。

字で書くとしたら、せいぜい小父さん。でも、そうしたところで何の意味もないから、やっぱりひらがな書きでいい。

おじさんが何者だったのかは、今もってわからないし、周囲の大人たちも教えてはくれなかった。ただ、子供にはもちろん、当時の大人たちもめったに行けないところへ旅し、さまざまな人と会って、見聞《けんぶん》を広めたことは確かだ。

その中には、成長してから思い返せば、新聞どころか教科書に載るような人や出来事との遭遇もふくまれていたらしい——ただし、それらが、ミュンヒハウゼン男爵並みの大ぼらでなければの話だが。

今となっては微苦笑するほかないが、そんな〝おじさん〟は、意外に多くの人たちの人生に存在しているようだ。

気がつくと、親戚の集まりなどに必ずまじっていて、いつも子供たちに珍しいお土産をくれたり、いろんな遊びを教えてくれたり、世にも珍しい話を聞かせてくれたりした——そんな〝おじさん〟（ときには〝おばさん〟の場合もあるが）の思い出をよく聞かされることがある。

ときには親戚でも何でもなく、うらぶれた一軒家とかの独《ひと》り暮らしで、やたらゲームだとかおもちゃを持っていて、近所の子供たちをひきつける〝おじさん〟ないし〝お兄さん〟もいるようだが、そういうのはまぁ論外として——。

親戚などの集まりでは、たいがいの大人たちは夫婦連れで、しばしば子供をともなっていたが、そういう〝おじさん〟はだいたい独り身なようだし、あの人もそうだった。

考えてみると、今の自分がまさにそうなっているのが苦笑ものだが、私は親戚の子供に取り囲まれたりはしないのだから、世間からはぐれた〝おじさん〟の中でも下流の方ということになるのだろう。

私はごらんの通り、すすけたような独身男だが、その点ではおじさんはどうだったろう。女性といっしょだったことはあるだろうか。見たような気もするし、ないような気もする。

子供にとって、この世界は何だかよくわからないことだらけで、何もかもがあいまいなまま。しかも、そのことに気づきもせずに日々を過ごすものだからしようがない。それでも、重箱の隅《すみ》でもつつくように記憶を掘り起こしてみて、妙なことに気づいた。

（あのおじさん、親戚の集まりにまじっていたことあったっけ？）

家族以外の大人というものを、何となくひとかたまりでとらえていたが、急に自信がなくなった。とたんに、頭をもたげた疑問があった。

――あのおじさんは、いったい何だったのだろう？

だが、今さら誰に訊いたらいいのか。一番手っ取り早い両親はとうに亡く、その他の親類縁者もほぼ全員いなくなっている。何しろ、子供だった私が、あのときの大人たちの誰よりも年上になってしまったのだから、生きている方が不思議だ。

こうして、プロデューサーの提案は、私をかえって混乱と困惑に陥《おとしい》れることになったのだった――かくしてこの場は終わる。

3

それから数週間後のことだ。あのときやっていた芝居は、エンディングの歌の題名の通り「これでおしまい」となって、私は終演後のやっかいな習慣から解放された。千秋楽ぐらいはと、思い切って打ち上げに参加してみて、別に煙たがられているわけではないことも確認できた。

しかたなく、というのも変だが、私はプロデューサーの彼からの宿題にそろそろ手をつけようかと考えた。だが、おぼろげなうえに混線した私自身の記憶のほかに手がかりはなく、どこからどう調べたらいいのか見当もつかなかった。

せっかくの主演舞台がふいになるかもしれないと、気は焦るのだが、どうにもしかたがない。すっかり数少なくなった血縁者にでも問い合わせてみようかと考えた折も折、一つの訃報《ふほう》がもたらされた。

それは、高校時代の友人が急死したというもので、このところぽつりぽつりと増えてきたたぐいの知らせだった。

ずいぶんと疎遠になっていたが、当時は確かに親友と認め合っていた相手がもういないというのは、さすがに心身にこたえるものがあった。いつかゆっくり会って、話せればいいな——そんな怠惰《たいだ》がもたらした当然の結果のように思えた。

とるものもとりあえず、新幹線に乗り、そこからJRと私鉄を乗り継いで、友人が大学卒業後の人生の大半を過ごしてきた街にたどり着いた。

葬儀は今どき珍しく地元の寺で行なわれ、私はひどく肌寒く、中途からは冷え冷えとした雨に見舞われながら、黙々と焼香の列に並ばなくてはならなかった。

友人の両親とは会ったことがあるが、もうとっくに亡くなっていて、現在の遺族とは全く面識がなかった。加えて、見渡した限りでは、ほとんど同窓生の姿は見当たらなかった。その中で特に声をかけたい相手に至っては、ほぼ皆無だった。

心身ともに冷え切って、ちっぽけな折り畳み傘の下に身を縮め、最寄り駅へと向かった。

上り急行電車は、往路とは違う景色を同じ方向に流しながら、灰色にぼやけた風景の中を音たてて疾駆《しっく》した。

下り電車に乗ったときとは、対面の車窓に向かっていたのだから当然だが、おかげで線路をはさんで両サイドの沿線風景を楽しむことができた。楽しむというには地味で単調だったが、山側のながめは変化に富み、どこか懐かしさもあった。

懐かしさ？　それ自体は何の不思議なこともない。死んだ友人と同じく、私もかつてはここからあまり遠くないところで生活し、この路線もよく利用したのだから、風景に記憶があっても当然だ。

だが、電車がとある駅に停車しようとしたとき、心の奥底で何やら疼《うず》くものがあった。記憶の壁を引っかくものがあったような気がした。

（ここは、もしかして――？）

一瞬の迷いと躊躇《ちゆうちよ》があった。気がつくと、私は雨まじりの風吹きつけるプラットホームに降り立っており、背後でドアが閉じる音がした。

しまった、おれは何をしているんだ――という後悔とともに、このおれにしてはなかなかやるではないか、と自分をほめてやりたくもなった。

私は、ほんのかすかに往時の面影をとどめた駅舎を抜け、そこから道路をまたいで架けられた陸橋を渡っていった。

その先には古びたケーブルカーの乗り場があって、そこから雨に煙る山頂に向かって、まっすぐに軌道と鋼索《こうさく》を延ばしているのだった……。

ケーブルカーの客は、私一人だった。

もともとこの路線は山の頂上に、昭和の初めからあるという遊園地に向かうもので、山腹には住宅も造成されているので、通勤通学用にも使われている珍しい路線だ。だが、今は中途半端な時刻のせいか、この雨で遊園地に向かう人などいないのか、がらんとした車内には、ゴウゴウというエンジンだかモーターのうなりが低く響くばかりだった。

ふりかえると、さっき降りたばかりの私鉄駅は、もうはるか眼下に遠ざかっていた。ほどなく次の駅に着いた。といっても、この路線はここまでで、山上の遊園地までは次の鋼索線に乗り継がねばならない。

もっとも、私の目的は遊園地ではない。いや、十分興味はあったのだが、私の記憶を揺すぶったのはそちらではなくて、この山のどこかにあるかもしれない建物だった。それも、あの〝おじさん〟につながるものとして――。

だが、それがどこにあるのか、いったいどんな建物で、おじさんにどうつながるのか確証は何もなかった。

このまま山上の遊園地までケーブルカーを乗り継ぐべきか、それともいったんここの駅へ降りてみるか。周囲はすでに薄暗く、雨も激しさを増していて、両方を見てまわることはできそうになかった。

とりあえずは、ここで降りてみよう。ケーブルカーの駅を出て、周囲を見渡した私は、そこから広がる家並みにハッと胸を衝かれた。

こんなところに食べ物屋があり、宿屋らしきものがある。いずれも、固く戸を閉ざしていて、まるでセットに組まれた街並みのように、入ることはかなわないようだったが……。

あとから知ったことだが、ここには古いお寺があり、その参拝客を見込んでか、一種の歓楽郷ともなっていた。

だが、それより私の気を引いたのは、そこからうねうねと延びた道路だった。その先に何かがあるような気がした。この起伏が多く、先の見えない道筋をかつて踏みしめたことがあるような気がしてならなかったのだ。

——十数分後、私は折り畳み傘の下で肩を濡らしながら、とぼとぼとその道を歩いた。道沿いにあるのは、ごく普通の住宅ばかりで、車もそこここに停まっていたが、人影には一つも出会わなかった。

道を尋ねようにも相手はなく、どこかの家のチャイムを鳴らしたところで、誰かが出てくる保証はないように思われた。

私はなお歩き続けた。まさかこんな寄り道をするとは思わなかったから、今日履いてきたのは弔問《ちょうもん》用の古い黒靴で、じっとりと水気がしみてくるのが気持ち悪かった。

周囲の景色にほとんど記憶はなかった。ふたたび駅にもどる手間を考えると、このまま歩き続けていいものかと躊躇された。

だが、このままやめるのも癪だし、こんなところへ日を改めて来る機会があるとも思えない。

あと少し、あと少し進んで何も琴線《きんせん》に触れるものがなければ引き返すぞ——そう決めて、なお歩を進めたとき、どこかの家のブロック塀《べい》に貼《は》り付けられた住居表示板が目に入った。

（なんだこりゃ……「×××」？）

それは、あまりにも有名な避暑地にして高級別荘地をさす地名で、ここから何百キロと離れたところにしかないはずのものだった。

私は一瞬、テレポートでもしたのか、次元の裂け目にでも吸い込まれたのかと思ったが、むろんそんなわけもない。すぐに見当がついたのは、この一帯を宅地造成した業者と自治体がブランド的な価値を持つその名を、ここに冠《かん》したのにちがいないということだった。

全国あちこちに、東京都内にさえ何々銀座というのがあるようなもので、今となれば恥ずかしい以外の何ものでもないネーミングだ。

だが、この表示板が私の目を引いたのはそのせいではなかった。本物の××を知る前から、私はその地名になじんでいた。確かにそこへ行った記憶があった。

なのに、誰もが口にし、本やテレビで目にするその地が、私の絶対に行ったことのないはずの場所にあることを知って、驚いたのだ。

もし、私が覚えていたのが、ここのことだったら、いろいろと辻褄が合う。ここなら、幼い私が来たことがあっても不思議はない。

そうだ、私は確かにあのケーブルカーに乗った。山上遊園地まで上ったような気もするが、それについてはいろんな記憶が入り交じっていて断定はできない。ただ、その後か前に、私は、さっきのケーブルカーの駅で降りた。

そして、さっきの店屋の前を過ぎ、こんなふうに道を曲がり、上り下りして——そう、このあたりまでやってきた！

いつしか、私は小走りになっていた。斜めになった折り畳み傘はもう役に立たず、雨粒が顔に降りかかったが、気にも留めなかった。

もうすぐだ、もうすぐ……。根拠もなくつぶやきながら、また一つ道を曲がった先に——その家はあった。

あの石塀と、門の鉄柵に確かに見覚えがある。単に通り過ぎただけではない気がする。ひょっとして、何十年も前に私はあの内側に足を踏み入れたのではないか。

そして、そこに——〝おじさん〟がいたのではなかったろうか。

私はもう半分駆け出していた。邪魔な傘を投げ捨て、すっかり湿った靴下も気にせず、その門内にあるはずの建物を確かめようとした。幸い門の鉄柵は閂《かんぬき》が外れたまま半開きになっていた。

だが、石積みの門柱をつかんで、敷地内に身を乗り出した私は、ひどいショックに見舞われて、その場に立ちつくした。

――門内にあったのは、すでに半ば以上崩壊したコテージ風の建物。壁ははがれ、屋根は傾き、扉や窓は、かろうじて壁にすがりついているといった感じで、見るも無残というほかなかった。

おそらく、もう久しく人が住むこともなく、時とともに朽《く》ち果てるに任されたのだろう。しかし、このありさまでは昔の姿を想像するさえ難しく、まして失われた記憶をよみがえらせることなどできそうにない。

それでも何か手がかりを――と思って、ドアが壊れているのを幸い、まず玄関から足を踏み入れようとした。だが、外れかけた扉が倒れかかってきて、危なくて入れたものではない。

ほかに入り口はないかと、建物のぐるりを回ってみたりしたが、徒労だった。あきらめて再び玄関前までもどってきたとき、私は心臓が止まるかと思った。

――鉄柵の向こう側に、蝙蝠《こうもり》傘をさした男がうっそりと立っていた。

「あんた、誰だね。不法侵入なんかしてもらっちゃ困るね」

4

場面変わると、そこはいかにもうらぶれた男の一人住まい——。

「うちはね、あの家の管理をずっと頼まれてたんだけど、とにかく人が住まなくなってもう何十年にもなるし、あちこち傷《いた》んで壊れてきたものの修理までは、とてもできないし、そこまでのお金ももらってないしね。といって、あっさり取り壊すわけにもいかんし……」

その、しなびた瓜《うり》のような風貌《ふうぼう》の中年男は、ぶつぶつとボヤくようにしゃべりながら、私を近くの自宅まで案内してくれた。

「あそこの家について話を聞きたいということだけど、わしゃ何も知らないよ。何せ、親父から管理を引き継いだだけだからね。あそこに住んでいた人のこと？　さあ、そいつもさっぱり……むしろ、こっちが話を聞きたいぐらいだよ。あんたが、鍛治町《かじまち》さんに縁のある人というのならね」

「い、いや、私はあいにく……」

言いかけて私はハッとし、あわてて聞き返した。

「今おっしゃった、カジ……さんというのは——？」

すると、その中年男はあきれ顔になりながら、

「あんた知らなかったのかね。鍛治町って、あそこの家の持ち主だよ。鍛治町清輝《きよてる》……さあ、何もないけどお入んなさい。外で話すよりゃマシだというだけだがね」

通されたのは、古畳の上にあちこちささくれた敷物を延べた、玄関すぐの部屋だった。男の独り暮らしなのか、いかにも雑然としているが、この点、私も人のことは言えない。

「鍛治町さんというのは……と言っても、わしも会った覚えはほとんどないんだが、山の下の施設にいる親父からよく話を聞かされたよ。今みたいにボケちまう、はるか昔のことだがね」

「どんな話ですか」

私は身を乗り出した。老いた父と子の暮らしにもズシリとこたえるものがあったが、よけいな臆測はこの際、振り捨てておくことにした。

中年男はというと、妙にもったいぶって、すすけた蛍光灯がぶら下がった天井を見上げていたが、

「うーんと、だな……そうあらためて訊かれて思い出そうとすると――忘れちまったなあ」

すっとぼけた、というよりボケているのは、当のこのご仁《じん》ではないかと思わせる言い草だった。

これには呆れるより怒るより、茫然《ぼうぜん》としてしまった。だが、そのあとすぐにポンと手を打って、

「そうだ、肝心のものがあった……ちょっと待っててくださいよ」

一人で合点《がてん》したように言うと、そのまま奥の方に入っていった。しばらく手持ち無沙汰に待たされたあと、何やらかさ高いものを両手で持ちながらもどってきた。

それは今どきお目にかかれそうにない、古びた革張りのトランクだった。だいぶ手ずれがして、傷もついているが、見るからにどっしりとして頑丈そうだった。

表面にペタペタと貼り付けてあるのは、ホテルや船会社のラベルだろうか。いかにも時代色と物語性を感じさせ、芝居に使うにはぴったり。知り合いの小道具や美術担当が見たら、舌なめずりしそうな代物《しろもの》だった。

そんなことを考えながら見入っていると、いきなりすぐそばから、

「どうです、あんたこれを買いなさらんか」

「えっ」

思わず声をあげた私に、中年男はしなびた瓜みたいなご面相を妙な形にゆがめた。どうやら、愛想笑いのつもりらしかった。

「実は、鍛治町さんから、あの家を任されたものの、外があんなになるにつれて、中の調度やら設備やらも、みな駄目になって、だんだんと捨てざるを得なくなったんだが、唯一これだけは残ってな。まあ、親父がこれだけはと取っておいたおかげなんだが……とはいえ、家がなくなってこれだけ残っても始末に困るというもんでな。というのも、ほれ、この通り」

と、留金《ラッチ》のところをガチャガチャといじってみせて、

「鍵がかかっていて開かないんだよ。ここの数字を合わせればいいらしいが、あいにく何番だかわからない。まさか壊すわけにもいかないし、正直持て余しとるんだよ」

そう言って指さした先には、小窓のようなものが付いており、ここの数字を回して合わせるようになっていた。かなり昔のもののはずだが、そのころから数字錠《ダイヤル・ロック》はあったのだろうか。

一方、男はこちらに意味ありげな視線をチラチラと投げながら、

「こんな仕掛けがついてるのも伊達《だて》じゃなくて、鍛治町さんにとっては相当大事なものだったらしいね。さっき、鍛治町さんに会ったことはほとんどないと言ったが、思い出したよ。あれはこのトランクを親父に預けにきたときだったか、それともしばらくぶりの様子見だったのかもしれないが、親父とあの人があれこれ話をしているのを、わしはぼんやり聞いておった。

何か当時は珍しかった洋菓子を土産に持ってきてくれてな、いつこれを開けてくれるかと楽しみにしていたが、いっこうその気配がないので、退屈まぎれにそばに置いてあったトランクをいじくり始めた。こう鍵を開けようとしたり、ラベルを爪の先でいじくったりしてな。そして、ふっと気づくと、鍛治町さんがニコニコしながら、わしを見てるじゃないか。いかにもお金持ちそうで、子供にも優しい紳士だったが、そのときは笑顔なのに何だかとても怖く思えた。いつもと変わりない笑顔なのに、ひどく迫力がある感じだったなぁ。そこへもってきて、

『坊や、やめなさい』

やけにいい声でそう言われたときはドキッとした。と思ったら、わしの悪戯《いたずら》に気づい

た親父にパッカーンと頭をはたかれてな。まぁその痛かったこと。とにかく、そういうこともあって、よほどこれが大事なものらしいとわかったから、今日までこうやって預かっておいたわけなんだ。それで、だ……」

そこまで言うと、私の顔をすくいあげるように見た。

「何でしょうか」

私はやや身構えながら耳を傾けたが、そのあと男の言ったことは全くの予想外だった。予想の斜め上をいくというやつだった。

「もしあんたが、鍛治町さんの縁続きの人なら——いや、たとえ赤の他人であっても、そのぅ、ぜひご所望《しょもう》というなら……」

どうやら、お世辞にも広くないここの所帯では、このトランクがよほど邪魔っけらしく、同時に金に困ってもいるようだった。そこへ私というカモが飛びこんできたのだから、逃す手はなかった。

「どうです、これぐらいで。金を払ってあんたのものになれば、カギを壊してこじ開けようが、気長に数字を合わせて」

グイッと突き出した指の数は、この場で出せないことはない金額を表わしていた。かつかつ交通費と帰りの駅弁代ぐらいは残りそうだ。ビールと週刊誌はがまんした方がよさそうだが……。

だからといって、そう簡単に乗っていい話とも思われなかった。この調子では、〝おじさん〟――鍛治町清輝が正しい名前らしいが――の持ち物かどうかも当てにはならない。とんだ贋物《にせもの》、ガラクタをつかまされない保証はなかった。

「いや、そんなわけには……」

と辞退するうち、ふと思いついたことがあった。

「それなら、こうしましょう。お父上にうかがって、もし私にならば譲ってもいいとおっしゃったら、そちらの言い値でこのトランクを買わせてもらいます。――どうですか？」

5

三十分後、中年男の運転する軽トラックで山道をめぐった私は、とある介護施設を訪ねていた。今どきは明るく開放的なところが多いのに、ここは妙に陰気で、外の天気のせいか寒々しかった。

しぶしぶながら私の提案に応じたのは、そうまでして私にあのトランクを売りつけたかったこともあるが、やはり父の意向を無視する後ろめたさを感じたからだろう。

こんなところに葬式帰りの黒服で来るのはどうかと思われたが、しかたがない。ネクタイだけは外したが、まるで不吉なもののように見られていたことは想像に難くなかった。

そんなことをしても意味はなかったが、なるべく目立たぬように身をかがめ、ほの暗い廊下の端にある一室に向かう。そのまた片隅のベッドに、男の父親という人が横たわっていた。

息子がしなびた瓜ならば、こちらは干し固まった梅干しといったところか。目はくぼみ、歯の落ちた口元はがっくりと凹《へこ》んで、老いというものの容赦ない暴力を感じさせた。

そのやせ細った体を、中年男は手慣れたようすで起こしてやった。そのとたん、

「親父、わかるか。わしだ！　今日はちょっと用があってな！」

いきなり父親の耳元でわめいたから、こちらの方がびっくりした。

「何でもな、あの鍛治町さんの身寄りらしいんだが、ぜひにあのトランクがほしいんだ

とさ！　それで、親父の許しをもらおうと思ってさ！」

勝手に話が盛られているので、ちょっとあわてた。そもそも自分は「鍛治町さんの身寄り」ではないし、そもそも自分とどういう関係なのかも――などと考えているうちに、訂正する機会を失してしまった。

だが、父親の反応は全くと言っていいほどなく、そのあとに、ちょっと気まずい間が流れた。それを取りつくろうかのように、

「よっこらしょ……ほら親父、これだよ、例の鍛治町さんの置き土産さ」

中年男が持参したトランクをよいしょっと持ち上げ、父親に見えるようにして、すぐ床に置いた。

今度も無駄かなと思ったら、そうではなかった。父親の細い首がグイと動いて、うつろな穴のような両眼がトランクを見すえた。そして、そのまま視線は私の方に――。

「な、わかったかい。で、こちらの方が……そういや、名前は何ていうんだっけ？」

中年男が言いかけたときだった。老いた父親がピョイと両腕をもたげた。毛布の下に隠れていた手首から先が目の高さまではね上がり、そのまま上体を傾がせるのといっしょに前に突き出された――まっすぐ私めがけて！

一瞬、首でも絞められるのかと思った。だが、年老いて皺《しわ》んだ指先がつかんだのは、私の右手だった。

ごく弱々しい力だったから、振り払うことは簡単だった。だが、そうはせずに相手がするがままにしていると、老いた父親は見えているのかいないのかさえ定かでない目を、私の手のひらまで持っていき、ためつすがめつ眺めた。

ふいに、その後退した口元がほころんだ。微笑というには、あまりに奇態なものであったが、確かに笑っているように思えた。それから歯のない口にしては存外はっきりした声音で、

「……さんは、きれいな方でしたな」

ポツリと言うと同時に、私の手をつかんでいた力が抜けた。両腕がパタンと毛布の上に落ち、その目が閉じられた。中年男はあわてて父親の肩をつかみ、声をはりあげて、

「おい親父、トランクの件はどうするんだ？　この人に売って……いや、渡してしまっていいのか。いいんだな？」

父親は、それに答えるかのように口をパクつかせた。だが、かすかに息のようなものがもれ出ただけで、声となってはほとんど聞こえなかった。

ただ、私の目からも「かまわん」と言っているように見えた。そこへ重ねるように、

「『かまわん』そうです」

中年男はホッとしたように言い、とたんに物欲しげな顔になった。さっきまで、少しは老いさらばえた父親を気づかうようすがあったのが、すっかり消えていた。

だが……それもやむを得ないことなのだろう。

私は廊下に出ると、黙って財布を取り出した。いつのまにかさっきより値上げされた代金を文句も言わずに支払い、そのトランクを受け取った。

——外に出ると、もうすっかり暗くなっていた。雨は相変わらず降り続き、昼間よりは量も勢いもずっと大きくなっている。

タクシー代も惜《お》しいほど財布が軽くなっていたので、軽トラックで駅まで送ってもらった。現金なもので、中年男はもうろくすっぽ口をきかなかったが、それもどうかと思ったのか、

「すみませんでしたな。親父はいつもあんな調子で……ときどき、わけのわからんことをしでかすんですよ。ま、歳《とし》だからということで勘弁してください」

申し訳程度に話しかけてきた。私は取りつく島ができたのを幸い、

「そういえば、お父さんが何かおっしゃろうとしてたようですが、あれは何のことだったんでしょうな。『何トカさんは、きれいな方でしたな……』とか、たぶん誰か人の名前が入るんでしょうが、何かお心当たりでもありますか？」

「いや、皆目」

中年男は、あっさりと否定し、その後はまた二人とも無言となった。幸いすぐに駅に着いたので、そこで別れることにしたが、

「では、どうも今日はいろいろと……お父上にもどうかよろしく」

降りぎわにそう告げると、中年男はフロントグラスを見つめたまま言った。

「いや、もう駄目なんですよ」

こちらの紋切り型のあいさつを、さらにぶった切るような物言いに、絶句せずにはいられなかった。男は続けた。

「あんたが無理に言うから訪ねてみただけで……あれだけしゃべれたのが奇跡みたいなものでね。もう長くはないとは言われてます。でもまぁ、あのトランクのことは気がかりだったみたいだから、最後に親孝行ができましたよ」

「えっ、それじゃあ……」

「じゃ、さいなら」

私の言葉をさえぎるようにして、中年男は軽トラックを発進させた。

急に強くなってきた雨脚に、私はそれを見送る余裕もないまま、あわてて駅舎へと飛びこんだ。

6

そのあと私は、黒の礼服にネクタイなし（ポケットにねじこんであった）、左肩からはありふれたショルダーバッグを提げ、右手には大時代な革のトランクという珍妙な格好で電車に乗りこみ、そのあと新幹線で帰京した。

以前はほとんど気にならなかった二時間半の東西往来が、今回はひどく身にこたえた。そこからさらに自宅に帰り着いたときには、疲れすぎてかえって眠れなくなったほどだった。

喪服を脱ぎ捨ててしばらくは、ぐったり椅子に腰かけていた。そのあと缶入りのカクテルを開け、見るともなくテレビを見ていたが、床に置いたトランクがどうにも気にかかる。

とにかく開けて中身を確かめないことには、こんなものただの場所ふさぎだ。

何とか施錠《せじよう》を解《と》けないか悪戦苦闘してみたが、無駄だった。むろん革を切り裂くとか、鍵そのものを壊せばいいのだろうが、そんなことは絶対にしたくなかった。

子供のときは、壊れたおもちゃや機械を「修理する」と称して、もっと取り返しのつかないことにした前科が何度もある。あれから何十年もたったが、この方面のスキルが上達したはずもないから、これ以上よけいなことはしないに越したことはない。

数字錠なのだから、一目盛ずつずらして、そのたびごとに開けようとしてみればいいのだろうが、いったい何時間かかることか。このようすでは、〝当たり〟に達するまでに壊れてしまいかねない。

（これは、専門家に見せるほかないな……）

そう決めて、悪あがきはやめておくことにした。

幸い、この手のアンティークグッズを扱っている商店主が友人にいる。こうした品には、錠を下ろしたまま鍵の見当たらないものも多いと聞いたことがあるから、彼なら何か方策を授けてくれるかもしれない。

理屈ではそう考えても、好奇心は抑えられなかった。見れば見るほど、曰《いわ》くありげで、これを舞台にポンと置くだけで、何かドラマが始まりそうな気がした。

この持ち主だったという鍛治町清輝は、どんな人物だったのか。このトランクとその周囲に貼られたラベルの数々——それらを一つ一つ詮索《せんさく》するだけで、なかなかの作業となりそうだった——を見ても、その活動範囲の広さが思いやられる。

だが、そう感じれば感じるほど、トランクの中身を見たい気持ちはつのった。持った感じからしても、中は決して空っぽではなく、揺らすと何かが動く気配もする。

(ちょっとだけ試してみるか、ちょっとだけ……)

私はトランクのそばに座りこむと、数字錠に触れてみた。小窓の中の数字をでたらめにずらしていって、何か反応がないか耳をすましたり、直接くっつけたりしてみた。

だが、そんなことで開くはずもないし、錠前は針の落ちるほどの音さえたてはしなかった。

やはり、駄目か——私は適当なところで数字を止め、もうひと缶空けてあとは寝ようと決意した——そのとき。

——かちり。

かすかな金属音がしたかと思うと、あれほど固かったトランクの留金がパチンと外れた。

一瞬、何が起きたのかわからなかった。早々にあきらめてしまった分だけ、願っていたことがあっさり実現したことが信じられなかった。

これは、どういうことなのだろう？　と小窓の中を見て、何ともいえない奇妙な気分になった。

そこに表わされていたのは、私自身がふだんからスーツケースの数字錠やパスワード、暗証番号のたぐいに用いている数字の並びだった。

それは、よくありがちの生まれ年とか誕生日とは全く無関係の、昔から何となく使ってきた番号だ。これは、いったいどういう偶然なのだろう？

ともあれ、今は閉ざされていた扉を開くのが先決だ。私はトランクを水平に置くと、はやる心を抑えながら、おもむろに上ぶたに当たる部分を持ち上げた。そのとたん、

「こ、これは……」

私は驚きを表わすものとしては、最も平凡拙劣《せつれつ》で、もし台本に書いてあったら演技に困りそうなセリフを恥ずかしげもなく発していた。

それはまるで、すでに子供でなくなった子供のためのおもちゃ箱だった。ミニチュア化されたお伽《とぎ》の国のようだった。

――レトロでアールヌーヴォー、もしくはアールデコな雑誌がある、三色写真の絵葉書がある、どこの国のものとも取れない言語で記された書類がある。双眼鏡があり折りたたみカメラがあり、キラキラしい装飾に飾られた万年筆が、小洒落《こじゃれ》たシガレットケースがある。

かと思えば、手ずれのしたノートがあって、開けばびっしりとペン字で埋められていた。ところどころには、けっこう達者なスケッチやイラストが挿入されている。

一瞬、何だかわかりかねるものもあった。小さなガラス板に恐ろしく細かな絵と彩色を施したり、白黒の写真を焼きつけたもの。昔、学校でよく見せられたスライドフィルムのようだなと首をひねって、やっと気づいた。幻燈の種板《たねいた》だった。

そして、少なからぬ写真。異国らしき物珍しい風景もあれば人物のそれもある。後者には、洋の東西を問わない美女たちのポートレートもふくまれていた。

私は飲みさしのカクテル缶を引き寄せると、ちびちびと残りをやりながら、それらのお宝を楽しんだ。

既製品のブロマイドとかでなければ、鍛治町という人はなかなかの艶福家《えんぷくか》だったのかもしれない——そんなことを考えたとたん、あの陰気な施設で会った、あの年老いた父親の言葉が思い出された。

「……さんは、きれいな方でしたな」

話の感じからしても大方は女性だろう。だとしたら、それは、ひょっとして、この中の誰かであるのかもしれない……何の根拠もない空想だが、現時点では否定する根拠もまたないと言えるのではないか。

それを判断できるものが、もしいるとすれば、それはあの年老いた父親にほかならない——そう考えたときだった。つけっぱなしのテレビで飽きもせず流れていた、愚《ぐ》にもつかない深夜バラエティがやっと終わって、ニュースが流れ始めた。

聞くともなしに耳に流れこんできたのは、こんな内容だった。

「……県……市で大規模な山崩れがあり、住宅・別荘地の一部が土石流に流される災害がありました。このところの長雨で地盤がゆるんでいたのが原因と見られますが、もともと長期的な構造劣化が地下で起きていたという指摘もあります。最も被害が大きかったのは×××一帯ですが、ここの建物はこの時期人のいないところが多く、人的被害は確認されていません。

ただ、付近の介護施設から男性のお年寄り一名が失踪しており、この人は被害のあった一帯に住んでいたことから、安否が気づかわれています……」

私の手から缶が滑り落ち、音をたてて床に転がった。

これが、私の〝おじさん〟の影を追っての第一歩だった——幕下りる。

第2話　おじさんの絵葉書

——さながら、緑に埋もれたお伽の城であった。

1

私はある刑事ドラマの仕事で、今さら名を挙げるまでもない別荘地にして避暑地に来ていた。どっちかというと避寒地に逃亡したいような日和《ひより》ではあったが、あいにく物語の展開上、そういうわけにもいかなかった。

こんな私でも折々にテレビに出ることはあって、もっとも名もないチョイ役ばかりだ。そのくせセリフはたっぷりとあって、物語の中でけっこう重要な役割を担《にな》う。だから十分演じがいはあるのだが、視聴者の大半は出番が終わったとたん、私の顔など忘れてしまうことだろう。

どんな役どころかといえば、たとえば主人公の旧友（ただし親友というほどではない）とか恩師、その土地の歴史についてとうとうと語って推理のパン種《だね》を提供する郷土史家、あるいは失踪中の容疑者を診察したことのある町医者とか——古い映画など見ていると、味のあるバイプレーヤーの一人芝居の趣《おもむき》もあって楽しいものだが、さて今の視聴者にはどう映じていることやら。

中でも多いのは所轄《しょかつ》警察の刑事とか、駐在巡査の役。主人公に過去の事件について話したり、関係者の意外な消息を教えたりする。思えば、この手の連ドラや単発のテレフィーチャーの中でずいぶん事件解決に貢献したものだ。

もっとも、昨今はそういう役の依頼が減った気がして、それは現役警察官にはふさわしくない年配になったせいかと寂しくなっていたら、幸い久々に田舎刑事が回ってきた。

この日、私が演じたのは、例によって例のごとしというべきか、最近ちょっと人気にかげりが出てきた某中堅女優扮《ふん》する弁護士に、とある殺人事件の関係者の過去について、長年抱えてきた疑問点を吐露《とろ》する役どころだった。当然これが、真相解明のための重大な示唆《しさ》となるわけだ。

こう見えて私は律儀なので、たったワンシーンの出演であっても与えられた台本を隅々《すみずみ》まで読み、原作があるならちゃんと目を通して、自分の証言が、お話の中でどんな役割を果たすかは知っている。

だが、それはおかしいのではないかと思わなくもない。くだんの田舎刑事はことの真相は夢にも知らないはずだし、この悲劇《ドラマ》のクライマックスに立ち会うことはおろか、結末さえ知らずに終わるに違いない。

だとすると、シナリオを読みこめば読みこむほど、役柄からは乖離《かいり》してしまうわけだが、だからといって自分の出番だけ読んですませるわけにはいかないのが難しいところだ。

だが……と私は思う。人は誰も自分の周りで何が起きているかは意外に気づかないものなのではないか。

人はみな、ただ人生の断片的なシーンを見せられているだけで、それ以上のことは知りようもないのではないだろうか――と。

そんなことを待ち時間に考えているうちに、私の出番はアッという間に終わり、そのまま現地解散となった。解散といっても、ほかのスタッフやキャストはまだ収録があるので、私一人放り出された格好である。

最近はこの程度の仕事でも、めっきり疲れが出るようになったので、すぐ帰ってしまうのが常だ。だが、今日はそっちに傾きがちな気持ちをグッとこらえ、ロケの現地コーディネーターの人に訊いた。

「あの、五稜《ごりよう》ホテル跡って、ここから遠いですかね？」

2

《旧・五稜ホテル》――明治三十七年開業の、現存するホテル建築としては日本最古のものといわれる。かつては〝高原の鹿鳴館《ろくめいかん》〟と呼ばれるほど、貴顕《きけん》紳士や淑女が集《つど》うところだったが、すでに廃業して久しく、今は重要文化財として観光客が訪れるところとなっている。

古くからのリゾート地とはいえ、季節外れともなると中心街でさえぐっと物寂しくなる。ここも、けっこう知られた観光スポットのはずだが、周りにほとんど人気《ひとけ》はなかった。

シーズンオフの平日に加え、この陰鬱《いんうつ》な天候とあっては、それも当然だったかもしれない。一帯を包む樹林は、濃緑でつやつやしい葉を茂らせていたが、それがいっそう寒々《さむざむ》しい感じを与えた。

途中にあった駐車スペースにも、ろくすっぽ車の姿を見かけない。一人黙々と砂利を踏みしめながら、まさか休館ではないだろうなと心配になってきたとき、植え込みの向こうから目指す建物が姿を現わした。

ほう、これは……と思わずうなり、続いて心につぶやかずにはいられなかった。

（絵葉書とまるきり同じだ。ということは、〝おじさん〟がいたころと変わっていないんだな……）

木骨様式《スティックスタイル》というらしいが、美しく組み合わされた木の骨組みが建物を白く縁取って、何だか凝《こ》った洋菓子のように見える。

すると下見板《したみいたば》張りの壁はさしずめチョコレート、ちょこんと屋根から突き出した五角形の塔屋は砂糖か飴《あめ》細工といったところか。これが「五稜」の名の由来かもしれない。

この建物丸ごとを可愛らしい箱に入れて持ち帰り、稽古場で若手女優たちに見せたら、たちまちムシャムシャと喰《くら》いつくしてしまうかもしれない。だが、近づくにつれ、その洋菓子はどんどん大きさを増して、ちょいとテイクアウトするのは無理になった。

かわりに、私の方が巨大なデコレーションケーキの中に吸いこまれていった……。

こういう行動も思えば久しぶりで、以前なら、ロケ先や公演先で名所旧跡を探し、仕事が済むとあちこち足をのばしたものだが、最近はどうもそうしたことが億劫になった。いずれまた次の機会に——といっても、次がある保証などないのだが、つい自分をごまかして帰路についてしまう。

なのに今回に限って、そうはしなかったのには訳があった。それは、あの〝おじさんのトランク〟のせいだった。

ここと同じ地名を持つ廃《すた》れた町で手に入れた、おじさん——鍛治町清輝《かじまちきよてる》の古びたトランク。偶然にもその施錠を解いてしまったことから、私は図《はか》らずも彼の遺品を目にすることになった。それは、私自身の曖昧《あいまい》な記憶をたどる旅の始まりでもあった。

いずれ骨董《こっとう》屋とかアンティーク・コレクターに見せねばならないと考え、心当たりもあったのだが、先方は今旅行中だか出張買い取りだかですぐには会えなかった。

もともとは、その人にトランクを解錠してもらおうと思っていたのだが、その用事の方はとりあえずすんでしまった。

で、なるべく中を荒らさないように、入っているものの配置や順番を変えないように気配りしながら——だらしない性格なもので、むやみに探ればろくなことにならない自覚があった——目についたものからチェックしていった。

まず目についたのは、トランクの表面に貼られたホテルや汽船のラベルだった。色鮮やかで、が、大半は外国のものだったり、もはや現存していなさそうな会社名だったりして、すぐさま調べのつくものではなさそうだった。

唯一の例外が《GORYO HOTEL》——五稜ホテルのそれで、この名は何かで聞いたことがあった。さらに調べてみると、同じロゴ付きの戦前のものらしき絵葉書が出てきて、宛先は空白で切手も貼ってはいないが、差出人欄には「当ホテルにて　九・八　鍛治町清輝」と記してあった。

どうやら出しかけてやめたらしく、文面を記すスペースにはペンでグシャグシャと消した跡があった。

そうなるとかえって気になるもので、虫眼鏡でのぞいたり透かしたりしてみたところ、かろうじて「例ノ件無事奏功」とだけ読み取れた。

裏を返すと、それは昔の三色写真というやつだろうか、妙にけばけばしいような、それでいて夢幻的な着彩を施《ほどこ》したもので、森の中に建つお伽の城のような五稜ホテルの全景がとらえられていた。

さあ、そうなると気になってくるのが人情というものだ。「九・八」というのが日付だと仮定すると、ある年の九月八日に、まだ若かったろうおじさんは五稜ホテルなんて高級な場所に投宿し、そこで何かを「奏功」させた。

それを誰かに書き送ろうとしてやめたのは、泊まっているホテルの絵葉書を使うという露骨さをはばかったせいかもしれない。だとしたら「例ノ件」とはいったい何だろうか。

たったそれだけの手がかりでは、いくら考えてもわかるわけがない。ここはやはり、五稜ホテルに行ってみなければと思ったものの、ただの観光名所となって形ばかり残されている場所に行っても、何がわかるとも思えない――そう考えると二の足を踏まずにはいられなかった。

そこへたまたま、ドラマの仕事で×××方面に行くことになった。しかも五稜ホテルから遠からぬ場所とあれば、たとえ空振りでもダメージは小さい。で、それならば――と、ここまでやってきたのだった。

いかにも古風な正面玄関の脇に小さなブースがあって、入場券を買った。最初誰もいなくてとまどったが、受付窓に置かれた呼び鈴を振ってみると、若い女性が出てきた。入場料と引き替えにちっぽけな切符と、冊子というよりは案内の栞《しおり》みたいなものをくれた。

何だか眠そうなその女性が、一瞬ハッとしたのは、一応は役者である私の顔に見覚えがあったからかもしれない。そういえば、つい最近、数年前に出た刑事ものの再放送をやっていたなと思い出した。

……まぁ、これも自意識過剰というやつかもしれないが、それぐらいの自惚《うぬぼ》れは許してほしい。

中に入ると、お定まり通り、ロビーとフロントになっていたが、これが今どき見られないものだった。

時を経《へ》て黒ずみ、つややかさを失ったカウンターの向こうの壁に、無数に仕切られた棚が作り付けにしてある。客室ごとのキーボックスだろう。今となっては、古い映画の中でしかお目にかかれない代物だ。

そのとたん、私はこのホテルを舞台とした芝居の出演者の一人となって、与えられもしない役作りを考えだしていた。

カウンターの向こうに一分のすきもない身だしなみで立ち、それ以上にすきのない笑みと物腰を披露する老練のクラーク。あるいは、あちらの布張りのソファーで、来もしない客と手紙を待ち続ける長逗留《ながとうりゅう》の異邦人。あるいはまた、あの柱の陰からそっと行き交う人々を見張る私立探偵――。

“Grand Hotel... always the same. People come, people go. Nothing ever happens......”

ヴィッキ・バウム描くベルリンのグランド・ホテルほどではないものの、ここでもそんな哀歓あふれるドラマがあったことだろう。

……おっといけない、ここへは何も、若手の役者たちに敬遠されそうな名作談議をしにきたのではない。

私は役者としての視点を捨て、ロケハンに来たプロデューサーか脚本家にでもなったつもりで、周囲を見回した。

あちこちに立て札が立ち、壁には額や写真が掛けられている。それらは、ここに並べられた調度がいかに由緒ある名品であるかを誇り、座るのも触るのも御法度《ごはっと》であることを告げていた。

かと思えば、当時はごく限られた人の口にしか入らなかった西洋料理のフルコースメニューを張り出して、何時間か前にロケ弁を食べたきりの胃袋を刺激してくれたりした。あいにく現物ではなく明らかに複写とわかるものだが、薄ぼやけた写真はハリウッドスターやら歴史上の偉人、何とかの宮様など、かつてのここの利用者たちの姿をとどめ、新聞のコピーは、彼らの来訪やホテルの増改築を報じていた。

——そんな中に、一つだけ異質な額があった。

ほかのものが（決して安物ではないのだろうが）、ごくシンプルなフレームのみの額縁なのに対し、こちらは時代のついた細工入りの古風な品だった。中に収められているのはすっかり赤茶けた新聞の切り抜きで、何よりその内容がほかのものと比べて大いに場違いだった。

それは、このホテルを歴史的建築として保存顕彰《けんしょう》するに当たって飾られたものとは、明らかに別ものだった。ともすれば、今どきの言葉でいう黒歴史を物語るものとなりかねなかった。

何しろ、その見出しというのがいきなりこんな具合だった。

五稜ホテル早朝の怪事
外人逗留客、謎の失踪
滴《したた》る血痕の果て忽然《こつぜん》消ゆ

日付欄を欠いているので正確な年代はわからないが、どう考えても戦後ではない文字面だった。
もともと紙質も印刷も上々とはいえなかったところへ時の風化が加わって、細かな活字を追うだけで目がチカチカする。そのうえ句点がなく読点ばかりで読みにくいのを我慢しながら見ていった。
「当地随一と称せられる五稜ホテルには当九月に入れど止まぬ都会の暑熱を避ける人士挙《こぞ》りて宿泊し外人客また例外ではないが、その一人たる仏人実業家エルマン・ルメール氏が八日朝、何者かに襲はれ負傷したあと何処《いづこ》かに失踪する怪事があつた
ルメール氏は同ホテルに既に三週間逗留中であつたが、毎朝新聞が届くやこれを目覚めの珈琲《コーヒー》と共に届けさせるのを習慣としてゐた、この日もその所望に応ずるべくボーイが一階の外れなる客室を訪ねたところ、ル氏が背中にナイフを突き立てられ床に倒れて

ゐるのを発見した、幸ひ息はある様子であつたが驚いたボーイが通報のため場を離れ、折り返し上司同僚と共に戻つてみれば奇怪にもル氏の姿は見当らず床にあちこち血痕の付着するを見出《みいだ》すのみであつた

所轄警察署より係官出張して調べたところ血痕は室内よりドアを挟んで露台《テラス》に出て河原に向ひ、さらに付近にあつて古来より果無しと噂される星《ほし》ノ洞穴《どうけつ》付近まで続いてゐた、これに関し同ホテルの従業員の申立によれば、同日早朝清掃と安全確認のため建物裏手に出たところ河原の石に点々と赤黒い染みの如きものが付着せるを発見、しかしその折は特に不審には思はなかつたといふ

裁判医の鑑定によれば此等は全て同型の血液にして同一人のものと見なすべく、とすればル氏は洞穴《ほらあな》付近にて何者かに刺傷を受け、そのまま河原をよろめき進んで露台より自室に戻つたあと昏倒、ボーイにその様子を発見された直後忽然と消失したと考へるほかなく……」

要するに、このホテルに滞在していたフランス人が外で刺され、やっとのことで自室に帰り着いて倒れたあと消え失せたという怪談じみた話なのだが、この記者はあくまで大まじめに、かつ大げさに事件を報じていた。

眉に唾《つば》をつけたい気分で、それでもなぜか読み進めながら、私の心に引っかかったものがあった。記事の中の「当九月」「八日朝」というさりげない日付だった。あの出されなかった絵葉書の「九・八」に通じるような、いないような……。

だが、そんな薄ボンヤリした疑念は、不鮮明な活字をジグザグに——新聞記事というやつは、どうしてこう不規則な形をしているのだろう——追ってたどり着いた一節に吹っ飛ばされてしまった。

犯人?被害者
謎の人影

それは、こんな小見出しをはさんで、詰めこまれた次のような記事だった。

「なほルメール氏が何者の手により傷を受けたかについては依然不明なるも、ここに注目すべきはホテルより問題の星ノ洞穴に至る河原の血痕に沿ふ如く歩いていつた人物の目撃証言である、果してこの人影は自らの死地に向ふ被害者の姿であつたか或はル氏を害せんとする犯人の姿であつたか注目を集めてゐるその証言者は同ホテルに宿泊中の貿易商鍛治町清輝君で、同君によれば『問題の朝、洞穴方面に向ふ人影を見た』と云ふ……」

そこまで読み進めた瞬間、私の視野でちっぽけな光がはじけ、ちっぽけな五つの活字が極限まで拡大されていた。

鍛治町清輝！

まさかこんなところでおじさんの名に出会うとは夢にも思わなかった。

するとあの絵葉書の「九・八」というのはこの新聞記事にある日付と同一だったのか。おじさんは、エルマン・ルメールなるフランス人が何者かに刺され、なぜかそのあと忽然と消え失せたのと同じホテルに泊まり合わせていたのか。

まして、そこで事件に関する重要な証言までしていたとは――。

私は当然、その続きを読むべく額の中の紙面に目を凝らした。

だが、ああ、何ということだろう（私の歳を考えても古すぎる表現だが）、新聞記事はそこで終わっていて、続きを知ろうとしても読みようがないのだった。

それから、どれほどの時間その場に立ちつくしていたことだろう。ふいにわれに返ると、大急ぎで来た道を取って返した。

エントランスまで出て、さっきの切符売り場をのぞきこむ。今度は呼び鈴を振るまでもなく、あの眠そうな受付嬢はそこにいた。

「あの、こちらの展示物のことで教えてほしいんですが……」

私は、あの新聞記事の入った額のことと、それがどこに掲げられているかを彼女に説明したあと、

「あの記事について、もっとくわしいことが知りたいんですが……ひょっとしてあの記事の続報とか、そういったものがどこかに保管してあったりはしませんか」

「……あの、何のことでしょうか」

きょとんとして、こちらの言い分をまるで理解していないようすに、つい苛立《いらだ》たずにはいられなかった。そこをグッとこらえて、

「ほら、昔ここで起きた殺人……いや、死んだとは書いてなかったから、傷害事件かな、とにかく昔の新聞のコピーが掲示してあるでしょう？　それについてもっとくわしく知りたいんです」

「ああ、あれですか」

受付嬢は、私の言葉をさえぎるように言った。いくぶんウンザリした声音にも聞こえ

た。

「あれはうちの正式な展示ではなくて、誰かが勝手に掛けていかれたものなんです。ですから内容について、たずねられてもお答えはできませんし……もしお目障《めざわ》りだったら外しましょうか？」

「あ、いや、何もそんなことをしてくれとは」

私はあわてて言ったが、彼女はまた元の眠そうな表情にもどってしまい、そのあとはもうとりつく島もなかった。それから、ふいに思い出したように口を開くと、

「あの、お客様」

「何ですか」

思わず身を乗り出した私に、

「本日は、あと十五分ほどで閉館ですので、ご見学は急がれた方が」

「えっ」

言われて腕時計を見たが、まだ夕方には程遠い。だが、入り口で渡された案内の栞には確かに直近の閉館時刻が記されていた。あまり客寄せには関心がないようだ。

となれば、ここで押し問答してもしようがなかった。私はきびすを返すと、残された

時間でできるだけ、この〝高原の鹿鳴館〟を見て歩くことにした。

3

「そいつは、とんだ目にあったな。まぁそのお姐《ねえ》ちゃんにすれば、そこのホテルの通り一遍《いっぺん》の由緒だの見所などは教えられていても、それ以外のことは知識も興味も持ってなかったんだろうよ」

電話口の向こうで、笑いをふくんだ声をあげたのは、まぁ親しいと言っていいベテラン放送作家だ。私とはほぼ同年配——ということは、プロデューサーやディレクターより年上になると敬遠されがちなこの業界では、なかなかのやり手であることを物語っていた。

「それにしたって、もうちょっと親切に教えてくれたっていいじゃないか。館内をひとわたり見学して二度目に見に行ったら、その額をふくめてあらかたの展示物に布が掛けられて見られなくなっていたのには驚いたよ」

「面倒の種は取り除く、決まりきったもの以外、よけいな仕事は避ける、当然と言えば当然の話だよ」

「そんなもんかねぇ」

「そんなもんだよ。博物館には学芸員、図書館には司書と専門家が要《い》るのに採用しようとしない。しても不安定な身分でしか雇わず、施設そのものもお役人の〝上がり〟先ぐらいにしか考えてない。お寒いもんさ」

「そこでお前さんの腕前が発揮されるわけだな」

「ま、そうとも言えるな」

てらいもなく自負するだけあって、彼は調べものの達人だった。誰でも題名を言えば知っている、視聴者からのさまざまな疑問に答えたり、人や物を捜し当てたり、意外な豆知識を発掘する番組にかかわって、どれもなかなかの成功を収めていた。

人が聞けば噴き出すかもしれないが、私もかつてグルメレポーターなるものをやらされたことがある。といっても下町の名店を訪ねるようなものだったから、恐れていたほど違和感はなかったが、彼とはその番組で親しくなった。

――《旧・五稜ホテル》で思いがけず〝おじさん〟の名に出くわしたと思ったら、次の瞬間には手がかりを断《た》ち切られ、かんじんの額さえ見せてくれなくなったのには閉口してしまった。あわただしい見学を終えたあとブースをのぞいてみたが、すでにカーテンが閉められ、彼女の姿は見出せなかった。

途方に暮れた私が思い出したのが、くだんの放送作家で、彼は私から話を聞くや、こんなアドバイスをしてくれた。

「まあ、その記事の載った新聞社は、十中八九もう存在してないだろうし、何らかの形で続いていたにしても続報を見つけだすのはほぼ不可能だろう。縮刷版を出してるような中央の新聞に載ってる確率も低いな。図書館？　今はだいぶ変わったが、新聞や雑誌の保存にはずっと冷たいもんだったしあまり頼りにはできんな。それより、まだ現地にいるのなら、とりあえず訪ねてみるべきは――役所だな」

「役所？　たった今、ずいぶん悪口を聞いた気がするが」

「それはそれ、これはこれさ」

放送作家は平然と、心持ち自慢げに言った。

「惜しむようなものでもないから秘訣《ひけつ》を教えてやるが、そこの役所に行って教育委員会を紹介してもらうんだ。教委を訪ねれば、必ずその土地の歴史とかを研究している教師あがりとかがいるものだし、いなくてもきっと紹介してくれるよ。どこにだって、そういうご奇特な研究家はいるもんで、それを一番把握しているのが教育委員会なんだよ」

なるほど、そんなものかな——と思ったが、一応は彼の言うことを信じてみることにした。

幸い、その町の役所は目と鼻の先で、しかも意外なほど話はスムーズにいった。さっきの受付の女性には通用しなかったようだが、年配の人たちには私の顔はそこそこ知れていて、そのことも有利に働いたようだった。

ドラマのチョイ役も、出られる限りは出ておくものだな——そんな教訓を得て、私は教育委員会をあとにした。

「いや、これはようこそおいでくださいました。あの、ルメール事件に目を付けられるとは、うれしいですな。何ですか、ひょっとして大戦前夜の秘話としてドラマ化されるとか？」

いきなり上機嫌で始まった饒舌《じょうぜつ》に、私はあわてて「いや、別にまだそんなことでは」と釘をささなくてはならなかった。

しかし相手の男は、本気なのか冗談なのか、テレビ化への期待を隠そうともせずに、

「いやいや、十分にその値打ちはある話だと思いますよ。それで、何をお知りになりたいんでしたっけ」

「五稜ホテルで起きた、その事件のディテールです。そのあと結局どうなったのか。犯人は捕まったのか、失踪したルメールという人は生死にかかわらず見つかったのかどうか……それと、なにやら重要な目撃証言をした人物がいたようですね」

私は、相手の軽々しい調子に、やや用心深くなりながら訊いた。

「ほぉ、そこまでご存じですか」男はうれしそうに、「結論から言いますと、事件は完全に迷宮入り。ルメールの生死はついにはっきりしませんでしたし、犯人も捕まることはありませんでした。それらしい人物の姿がはっきり目撃されていたというのにね」

「そ、その目撃証言というのは――？」

私は、わき起こる興奮を押し隠しながら言った。

――この町の教育委員会から紹介された、自称郷土史家の住まいでのやりとりだった。住まいといっても、古びたアパートの一室で、そこの主というのが四十年配の何の商売をしているとも知れない小太りの男だった。私がいつか演じたのとはだいぶ違う。

話しぶりからだんだんと知れてきたのだが、このアパートは彼の両親が建てたもので、彼はその一室に住みながら、家賃収入を頼りに、もう何十年も遊び暮らしているらしい。

当人の言い分では研究生活に没頭していたそうで、その部屋はかび臭い本だの黄色くなった書類の山だの、どこの秘境に探検に行ったのかと訊きたくなるような異国風の民芸品やらでぎっしり埋めつくされていた。

しかも会話のはしばしに、定期的に論考を発表したの、資料を編纂《へんさん》したのというので、ずいぶん著作があるのかと思ったら、そうではなかった。彼が得意げに見せてくれた発表媒体は、彼の個人ウェブサイトで、もっぱらそこに膨大な文章をアップしているのだった。

「その目撃証言というのはですね……まあ、これをごらんなさい」

自称郷土史家は、古びた本をうれしげに取り出してみせた。『このまち奇談　明治百年』と題されたもので、そこからすぐわかるように一九六八年ごろに山と出た回顧本の一つらしかった。

明治百年というと、私の記憶にもあるからそんなに古い本ではないのか——と考えたあとで、すでに昔も昔、大昔なのに気づいてギョッとした。

だが、そんなことより大事だったのは、開かれたページに「五稜ホテルの怪事件」と

表題が記されていたことだ。思わず目を吸い寄せられた私に、自称郷土史家は「どうです」と言わんばかりに、

「これはここの地元で出版された本で、当時、あの新聞社に勤務していた人の回想なんですが、字数の都合で、旧・五稜ホテルに誰かが掲示した新聞記事には書ききれなかったと思われる事実が補われています……」

「誰か、とおっしゃいますと」私は口をはさんだ。「あそこにあの額を掛けたのは、あなたではないのですか」

薄々そんなことではないかと想像しながら、ここに来たのだが、先方は「とんでもない」と首を振って、

「まぁ、私も郷土の歴史や文化への無関心を揺り動かすために、時に強引なことをしたりしますが、あれは今の運営か、どこかの篤志家《とくしか》がやったことで、私のあずかり知らないことです。そんなことより、ですな」

自称郷土史家は、出ばなをくじかれたのを取り返すように、『このまち奇談』を示しながら、

「ここに記された回想によると、ホテル二階にあって河原を一望できる客室に泊まって

いた人物が、朝方たまたま窓の外をながめていると、男が一人、河原をトボトボと歩いてゆくのを見たというのです。それも、ルメール氏の部屋のある棟の方から、星ノ洞穴の方に向かってね。ちなみにこの洞穴というのは、古来黄泉《よみ》の国に通じているの、地下を貫いて山一つ向こうの国に抜けられるのと、いろいろ伝説のあるところでして、しかし実際には十メートルも行けば行き止まりになっている。この洞穴については、別に一本論文を書いたのですが……ああ、今はご覧になりませんか。それは残念！

それはともかくとしまして、当時の警察当局やホテル関係者は、これをルメール氏が何らかの目的で洞穴に向かう途中の姿ではないかと考えました。氏はその後、星ノ洞穴で何者かに刺され、瀕死《ひんし》の状態で自室まで帰ってきたのではと推測したのですな。しかし、それではおかしいのです」

「何がですか」

私も薄々おかしさを感じてはいたものの、あえて問いかけてみた。自称郷土史家が答える。

「いいですか、新聞記事だけだとわからない。ホテルの従業員が河原に、そのときはそうとは気づかなかったものの、血痕を発見したのは、夏とはいえまだ薄暗い刻限だったといいます。にもかかわらずホテルの窓から河原を歩いていく姿を見かけた人間があるとすれば、それはもう少し、いや相当に明るくなってからのことでなければなりません。つまりその人影は、河原に血痕が付着したあとに洞穴に向かったことになる。

ということは、ルメールが刺されて自室にもどったあとに洞穴へ向かった者があることになる。すると、犯人は洞穴近くでルメールを刺したあと、一度ホテルに向かい、再び洞穴にもどったことになってしまう。こんなおかしな話がありますか」

「た、確かに」

私は何だか頭が混乱してしまいながら、答えた。そのあと相手の顔を見すえると、

「で……あなたのお考えとしては、どうなんですか」

「私の考え……つまり、言わば探偵としての推理を求めておられるのですな」

何もそんなものを求めてはいないが、当人がそう思いこみ、かつ喜んでいるからには、ことさら逆らう必要もなかった。

「ええ、まぁ、そういったところです」

そう答えてやると、自称郷土史家は喜色満面《きしょくまんめん》といった感じで顔をほころばせた。おもむろに口を開くと、

「私の推理によれば、ですな……その鍛治町清輝なる男が犯人である、と。この男がエルマン・ルメールを刺し、おそらくは死に至らしめた。そして、そのあとその死体を隠滅した」

「そ、そんな」私は思わず言った。「どうしてそういうことになるんです」

「どうしてそうなるも、それ以外考えられないじゃありませんか」

私とおじさん——鍛治町清輝の関係を知らない（私だって実のところよくわかってはいないのだが）自称郷土史家は、勝ち誇ったように言った。

「ありえない人影を見たというからには、その人物が嘘をついたと見るほかない。何のためかと言えば、捜査を混乱させ、犯人として逮捕されることから免《まぬか》れるため以外考えられません。然《しか》り而《しこう》して、犯人はこの記事に証人として名の出てくる鍛治町清輝でしかありえない——かくしてQ・E・D……というわけです」

日常めったに使わないのはもちろん、私が出るような推理ドラマでも聞いたためしはないが、それでもなお、これほど信じたくない、そして信用の置けないQuod Erat Demonstrandum《クオド・エラト・デモンストランドゥム》（証明終わり）はめったとあるものではなかった。

「……失礼します」

そう言い置くと、私はやおら立ち上がった。とたんに自称郷土史家は目を丸くすると、

「え？　これからますます面白くなるとこなんですが……」

困惑もあらわに、まだまだしゃべり足りなさそうなそぶりを見せた。だが、私はそんな相手に謝辞を述べると、自称郷土史家所有のアパートをあとにした。

仕事柄、せいぜい堂々とした退場姿を披露したつもりだったが、内心では相当に動揺し混乱もしていた。

旅先の、今はその役割を放棄した古いホテルの一隅に、古ぼけた新聞記事の活字として見出したおじさんの足跡。

それだけでも十分な驚きなのに、あろうことかおじさんは、何やら血なまぐさい事件の証人として登場し、しかもさきほどの自称郷土史家の言うのでは、おじさんこそ真犯人ではないかという……。

あいにくいくつものドラマで有能な刑事の役を演じてきた私に言わせれば、その結論はあまりに乱暴で、とうてい納得できるものではなかった。昔ならともかく、これだけ視聴者の目の肥えた今となっては、どんなへっぽこお間抜け刑事でも口にできなさそうなレベルだった。

だからといって、おじさんがその事件で偶然か故意か、証人という役割を帯びていたことは否定できない。

その真相を確かめるにはあまりに時間が経ち過ぎ、そして私自身にも時間が不足していた。外はすでに暗く、このまま帰路につくかどうかを決めなくてはならなかった。

（とはいえ、ここにこれ以上居る名目はないし、無理にとどまったところで……）

不意に気分が萎《な》えてしまい、そんなことを考えたときだった。ポケットの中の携帯電話がうなり声をあげて存在を主張し始めた。

あいつかな？　と一瞬思った。結果的には要領を得ないものとなったが、長年の仕事からつかんだ調査の秘訣を教えてくれた放送作家の顔が思い浮かぶ。

だが、ディスプレイに現われた名前は、彼のものとは違っていた。

「はい、そうです……そっちはまだ撮影中ですか。お疲れさんです。え？　まだこっちに居ますけど……へえっ、撮り直しですか？　はい、はい……わかりました。じゃ、あのときと同じ場所に集合すればいいんですね。あ、宿も手配してくれるんですか。そりゃありがたい。はい、では……」

私は携帯電話をポケットにもどすと、しばしぼんやりとしていた。くわしい事情はよくわからないのだが、今日収録した場面がそっくりNGになって、もう一度撮り直しだという。

ふだんならムッとさせられるところ、今日に限っては私にとってすこぶる好都合だった。何しろ、半ば強制的に、この地にとどまらねばならなくなったのだから。

私はしばらく歩いてタクシーを見つけると、今の電話で指定されたホテルの名を告げた。何だかぐったりとなってシートに身を預けながら、私はどうにも複雑な思いに悩まされていた。

それもそのはずだった。私に思いがけず押しつけられたのは、おじさんの潔白を明らかにするのか、それともその正反対の結果を導いてしまうのかという、どうにも厄介な役回りだったからだ。

4

昨日のシーンのどこがまずかったのか、よくわからないままに私は昨日と寸分違《たが》わぬ田舎刑事の役を演じ終えた。

少なくとも私の演技に問題がなかったことはそれで明らかだったが、それ以上訊く気にもならなかった。しょせん、われわれに知りうるのは、この世界のほんの一部分だけなのだ。

昨日と同じように一人現場を離れると、私は再び旧・五稜ホテルに向かった。

またあの受付嬢に会うのが億劫な気がして、今日は別の人がシフトに入っているとありがたいんだがなと考えた。だが、玄関脇のブースには見覚えのある眠そうな顔があって、ちょっとがっかりした。

ここは気づかぬふりをして、料金だけ払って中に入ろうとすると、どうしたことか昨日とは打って変わり、愛想がいい。それどころか、ブースから出て入り口まで案内してくれたから驚かずにはいられなかった。

「日によって性格が激変する特異体質なのかな」

などと小首をかしげながら中に入った。そのあとは、昨日あわただしく見て回った中のようすを、じっくりと順々に見ていくことにした。

今日は、あの事件のことを念頭に置いて、できる限り実況検分してみるつもりでいた。毎度ドラマの中で演じた現場検証というやつである。

だが、まずその前にあの新聞記事の再確認だ。昨日のあのうるさがり方からすると、ひょっとして外されてしまっているのではないかと心配したが、さすがにそんなこともなかった。

その代わり、誰かの視線を感じてふとふりかえった。投げかけた視線の先に、初老の紳士が立っていた。黒のスーツに身を包み、半白の髪をきれいに撫《な》でつけた温厚そうな男性だった。

「…………？」

けげんな思いで、とりあえず会釈《えしゃく》だけすると、先方は深々と頭を下げた。そのまま立ち去ろうとしたとき、思いがけず先方が声をかけてきた。

「あの……つかぬことをうかがいますが、昨日こちらでこの新聞記事を熱心に読んでいらしたのは、あなた様でしょうか」

いきなりそんなことを訊いてきたのには、さすがに度肝《どぎも》を抜かれた。

「そうですが……あなたは？」

すると黒服の紳士は一礼して、

「これは失礼いたしました。わたくしはここの館長を務めておりますこういう者で……

うちの従業員から、昨日来られたあなたのことを聞きましてね。ひょっとして、何かご無礼でもあったのではありませんか」

「は、はあ」

このホテルを含む巨大大手観光グループの名を記した名刺を受け取りながら、私はつい口ごもった。昨日の彼女の振る舞いをチクッたところで仕方がないし、この館長氏の口ぶりではそうするまでもなくご存じのようだったからだ。

「お察しするによほどこの記事に興味を感じられたようですが、何かお心当たりでもおありなのでしょうか」

穏やかだが、確信に満ちた問いかけだった。ことによったら、私が教育委員会に立ち寄ったり、自称郷土史家に会ったことも耳に入っているのかもしれなかった。

「はい、実は……この記事の隅っこに名前の出ている人物が、私の縁続き……いや、古い知り合いなものですから」

私は思い切って、手持ちのカードを相手にさらしてみた。すると、相手は端整な顔にありありと驚きをあらわしながら、静かに語り始めた。

「そうでしたか……実はこの額とその中に収められた新聞紙面というのは、さる方から寄贈を受けたものなのでして。その際、強く希望されたのは、これが当館を訪れる人の目にできるだけ多く触れるようにしてもらいたい。そして、いつかここにたどり着くかもしれない鍛治町清輝氏とつながりのある方に見てもらえれば、こんなうれしいことはないのだ——とまぁ、そういった次第だったのです」

「おじさんの？」

思わず大声で言いかけて、口をつぐんだ。伯父でもなければ甥《おい》でもないのに、その言い方は誤解を招くかと思ったからだ。

私はやや気を落ち着けてから、

「もしかして鍛治町清輝という人物をご存じなんじゃありませんか、あなたは——？」

思い切ってたずねてみたところ、館長氏は静かに首を振って、

「いえ、わたくしは何も存じません。ただ、当グループともご縁の深い団体からのご紹介で、そうしたまでなのでして」

意味ありげに言葉を濁《にご》した。むろん、そんなことでは納得できずに、

「そ、その団体といいますのは？」

私が息せききって訊くと、館長氏は先ほどからずっと浮かべていた優しい微笑を、心

持ち引き締めて、

「くわしくは申し上げられないのですが……何でも、第二次世界大戦でナチス・ドイツと闘った国際的なフランス人レジスタンス団体だそうで」

5

そのあと私は、旧・五稜ホテルの裏手に回り、今もほとんど姿を変えていないという河原を歩き、星ノ洞穴のあたりまで歩いてみたりもした。

ただし、洞穴そのものは危険なため、とうに封鎖されてしまっており、かつての面影はないとのことだった。

数時間後、私は帰りの特急電車の座席に身を委《ゆだ》ねていた。久々に、しかも自腹でグリーン車をおごったのは、ささやかな自分へのご褒美だった。

そう、とにもかくにも〝おじさん〟の過去について、私なりの回答を得ることができたことへの……。

これから述べることは、すべて私の想像に過ぎない。

だが、過去から現在に至る時の流れには無数の虫食い穴があり、それを埋めるパズルピースもまた失われてしまったなら、それを埋めるのは想像なり妄想なりでしかあり得ないだろう。そのことを承知の上で、あえて語ってみるなら――。

すでに全ヨーロッパが戦火に包まれ、日本もまた、自らその中に呑みこまれようとしていた時代。五稜ホテルの長期滞在客、エルマン・ルメールは、この極東の枢軸国にあって、自由と平和を奪い返そうとする隠れた戦士――レジスタンスの一員だった。早々とナチス・ドイツに降伏し、戦禍《せんか》を免れたフランス人たちが、その国土の外にあっても微妙な立場に立たされたことはよく知られている。

ルメールはそんな中で、危険かつ秘密の任務につき、ことによったら帝国日本の重要機密を連合国側に流す役目も担っていたのかもしれない。

〝高原の鹿鳴館〟と呼ばれた五稜ホテルは、そんな彼の拠点だった。だが、その活動はいつしか日本の官憲や駐日ナチス諜報機関の察知するところとなり、その身が拘束されるのも時間の問題となっていた。

そうなればむろん命はなく、日本にとどまっているフランス人の身にも危険が及ぶことだろう。そこでルメールは、いささか奇抜な方法で自己の存在消滅を図らなければならなかった。

それは、何者かに刺され、瀕死の状態を装って姿を消し、その実どこかに逃亡することだった。

そのために入念な計画が練られ、実行に移された。

まず夜明け前の暗がりに乗じて、河原に血痕を――おそらくはルメール自身から注射器で抜き取るなどして――点々と付着させておく。

そのあと、ホテルでの習慣に従って新聞とコーヒーを持参するボーイに、背中にナイフが突き刺さった姿を目撃させる。もちろんこれは偽装で、ちょっとしたお座敷手品に過ぎない。

驚いたボーイがいったんその場を立ち去ったあとで、ルメールは客室のテラスに通じる扉を開け放ち、それとは全く逆方向に向けて逃亡する。もちろん巧妙な変装のうえでのことであり、手引する協力者もいたに違いない。

こうしておけば、取って返してきたホテルの一行も、あとから駆けつけるだろう警察に加え、ルメールを追っている枢軸側もまんまとだまされるのは必定《ひつじょう》だ。

彼らは当然、テラスから河原へ通じる血痕を追い、星ノ洞穴の方に導かれることだろう。場合によっては、そこで大々的な山狩りを決行するかもしれない。

そのころには、レジスタンスの闘士ルメールは、まったく別方向に逐電《ちくでん》し、新たな活動に向け潜伏するというわけだ。

さて……ここで登場するのが、わが鍛治町清輝だ。

彼が二階にある自室の窓から、河原を洞穴方面に向かう人影を見たと証言したのは、むろん偶然ではない。それどころか、あらかじめ彼の行動は精密に計画に組みこまれたものだった。

おじさんの役割――それは、本当は誰一人ホテルから洞穴に向かった者などいないのに、あたかもルメールがそうしたかのように見せかけるというものだった。

つまり、鍛治町清輝もまた、ナチスとその忠実な同盟者である祖国に刃向かい、自由と平和を標榜《ひょうぼう》する立場だったのだ。

だが、ちょっとした齟齬《そご》が、このシンプルながら巧妙な計画を狂わせた。仮想のルメールが河原を通っていくより先に、河原の血痕が発見されてしまったのだ。

その結果、ルメールは部屋で何者かに刺されたあと洞穴方面に向かい、そのあと失踪したと見せかけることはできなくなってしまった。それとは真逆に、洞穴付近で襲われたあと、瀕死の状態で自室に帰ってきたことになってしまったのだ。

そのことにより鍛治町清輝の、場合によっては彼自身を窮地《きゅうち》に陥れたかもしれない証言は、全く無意味なものとなってしまった。せいぜいのところ、単に事態を混乱させるだけのものになってしまったのだ。

幸い、そのことで官憲に疑われることは免れたようだが、ああして地方新聞とはいえ名前が出てしまったからには、相当に冷や汗もかかされたに違いない。

トランクに残された絵葉書に、おそらくはレジスタンス支援の同志たちに宛てて、いったんは「例ノ件無事奏功」と記しかけた。だが、すぐに塗り消し、結局投函《とうかん》することはなかったのは、そうした危うい状況だったからだろう。

ともあれ、エルマン・ルメールと彼の同志たちは、鍛治町清輝の協力を忘れはしなかった。その業績を唯一公《おおやけ》に記録したものとして、あの新聞記事を五稜ホテルに掲げさせ、人々の目にさらそうとしたのだろう。

……おそらくは、私のような人間が、それを読み解きに来ようとは期待もせずに。

けれど、私はあのホテルにたどり着いた。そのうえで、あの記事を目にし、おじさんが遭遇した事件とその真相に至ることさえできた。

(刑事ドラマでは主役をもらえないこのおれも、実生活では大した探偵ぶりだった。どうして、なかなかなもんじゃないか……)

そんなつぶやきが唇からこぼれ落ちたのも、われながら無理はなかった。

だが、次の瞬間、私は弾《はじ》かれたように座席から身を起こし、茫然と目を見開いていた。

(何てことだ！　何というバカだろう、おれという男は……)

謎が解け、真相を明らかにできたなどと、とんでもない。それどころか今回のことで、自分がさらに秘密の扉を開き、その中に渦巻く黒雲に巻きこまれてしまったことに気づかずにはいられなかった。

おじさん——鍛治町清輝、あなたはいったい何者なんだ？

そう心に叫んだ刹那《せつな》、私の脳裏に一つの情景が浮かんだ。

——さながら、緑に埋もれたお伽の城。その窓の一つからヒョイと顔を出して笑いかけ、こちらに手を振る〝おじさん〟の姿が見えたような気がし、だが、それもまもなくF・O《フェードアウト》、ゆっくりと闇の中にのみこまれていってしまった。

第3話　おじさんの植物標本

1

——まるで、まぶたの向こう側で映写機がちらつき《フリッカー》を起こしたかのようだった。

その日、私は久しぶり——というわけでもないオフを、自宅マンションでのんべんだらりと過ごしていた。行くところもなければ、会う相手もいないのだから、やむを得ざる選択かもしれなかったが、私の中では、あくまで自主休養だった。

そのうちに、ふいと思い立って始めた作業があったのだが、生来《せいらい》の飽き性というのはどうしようもない。つい小休止のつもりで、ベランダ際の床にへたりこんだら、いつのまにか寝入ってしまった。

けだるい昼下がりのことで、妙に蒸し暑かった。そんな中でのうたた寝は気持ちよく、いったんは目覚めても、すぐにまぶたを閉じてしまった。

ずいぶん寝過ごしたように思ったが、意外にそうでもなかったようだ。

それを言い訳に、まだ明るい陽射しにあらがうように、まどろみと覚醒のはざまでウトウトし続けていた……そのときだった。

目を閉じて、なおほの明《あか》るい視野の中で黒いものがパタパタと動いた。フリッカーと言ったのは、このことだ。


(何だろう?)

と、いぶかりながら薄目を開けた。とたんにまともに差し込んできた日光のまばゆさに、すぐ目を閉じてしまった。

そのとき、確かに素早く動く黒い影を見た。はっとして今度ははっきり目を見開くと、そこにはもう何もなかった。

そこ、というのはベランダのアルミサッシ戸のことである。もっともそのときは半ば開け放たれて、代わりに網戸が場所を占めていた。

黒くてパタパタうごめく物体は、どうやらその網戸の向こう側に張り付いていたらしい。

物体というよりは生き物だったかもしれないが、いずれにせよそのときはもう跡形もなく消え失せていた。

今のは何だったのだろう？　何か紙切れか葉っぱでも風に飛ばされてきたのだろうか。だが、それらしいものはベランダには落ちておらず、となると可能性は二つしか考えられなかった。

飛んできた紙切れなり葉っぱなりが、そのまま風に飛ばされてどこかに行ってしまった。でなければ、何かの生き物。

二つ目の場合なら、鳥か獣か、それとも――？　私はあわててかぶりを振った。

（錯覚だ、ただの目の錯覚。でなけりゃ、ちょっとばかり寝ぼけただけのことさ）

強引に第三の可能性をひねりだして、自分を納得させた。

こう見えて、虫（足が六本の昆虫類なら、だいたい平気なのだが）だとか蛇だとか、はたまた近ごろ都会のど真ん中で跳梁《ちょうりょう》する外来生物にしても、あまり得意な方ではない。古びた劇場の奥かなんかで、その手のものと遭遇した場合、間《ま》が悪ければキャッと叫んで、後輩俳優やスタッフたちの軽蔑《けいべつ》を買う自信はある。

だが、そんなものより、あわてなければならないことがあった。

——網戸越しに吹きつけてきた風のいたずらだろう、私の周りに、野外バザーの出店よろしく散らばっているものがあった。

写真、手紙、メモ、新聞か何かの切り抜き——それらは、もともと私の〝おじさん〟のトランクの中に収まっていたもので、私はその整理と検分かたがた、トランクを開けっ放しにして、虫干しを試みていたのである。

なぜ急にそんなことを思い立ったかというと、昨日ある若手女優が、

「そうなのよ。開けてみたら虫食いだらけで、もう大変。ちゃんと始末しとかないと、あとでえらいことになるよォ」

とかいきなり言い出して、ドキリとさせられたからだった。

あいにく彼女は、私に向かって言ったのではなく、話題も当人がしまいこむか、誰かからもらうかした古い衣類に関するものだった。

聞き手は劇場の女性スタッフで、興味があるのかないのかフラットな調子で、

「そうなんだぁ」

とだけ答えたが、私は私で彼女らの背後を通り過ぎながら、

（そうなんだぁ）

心にそうつぶやき、そのあと急に不安になってきた。〝おじさん〟のあのトランクの中で、何かがウジャウジャと発生し、中身と言わず外にあるものと言わず食い荒らしているのではという、妄想にかられさえした。

またしてもだが、こう見えて私は心配性だ。外出の際、ちゃんと鍵をかけたかどうか、コーヒーメーカーのスイッチは切ったかどうか、心配しだすと気になってしようがなくなり、あらぬ想像が次から次へ思い浮かんで手がつけられない。

そんなことは、まずありえなかった。というのも、長の年月、忘れられて放置されてきたあのトランクを開けたときには、何も危険な徴候《ちょうこう》はなかったからだ。虫食いのあとも、虫そのものもだ。

むろん紙類は古ぼけ、インクや顔料は色あせていたし、革やゴム製品が変質したり、金属製品に曇りが生じたりしていたが、劣化というほどの変化は見られなかった。時代を経て古びたものにつきものの小汚さは、皆無といっても過言ではなかった。

だが、それもトランクが密閉状態にあり、一種のタイムカプセルの役割を果たしていたればこそ。汚れきった現代の空気にさらされ続けている今となっては、いつまでもあの状態を保ってくれる保証はない。

考古学者の手で発掘され、厚い土壁の向こうから発見された遺跡や遺物が、外気に触れてたちまち塵《ちり》となって消え失せてしまった——そんな実話だか伝説だかを何かで読んだことがある。

考えれば考えるほど心配になってきて、その日は急ぎ帰宅すると、あらためてトランクの中身を確認した。幸い格別の変化はなく、だからといって安心してはいられなかった。

さて、どうしたものか。そこで思い出したのが、遠い昔、生家でおばあちゃんが、とある陽当たりのいい日にやっていた虫干しだった。

加えて、その翌日がオフにして、しばらくぶりの好天気とあって、おばあちゃんの知恵にならってみることにしたという次第なのだった。

だが、それがいけなかった。網戸を難なく通り抜けてきた強い風は、ただでさえややこしいトランクの中身を、あちこちに散乱させてしまったのである。

「こりゃ、まいったな……」

私はブツブツとぼやきながら、飛び散ったお宝（まるで根拠はないが、そう考えた方が楽しそうだ）を拾《ひろ》い集めた。怪我の功名とでもいうのか、その中には、これまでトランクのどこに隠れていたのか、私がそれまで見たこともない品々が混じっていた。

中でも、ひときわ目を惹《ひ》いた一つに、一輪《いちりん》の花があった。

風にピリピリと震える半透明の紙の下から、半ば姿をのぞかせたそれは、ハッとするほど色鮮やかで、まるでたった今、切り取ってきたかのようだった。

これにはギョッとせずにはいられなかった。だが、よくよく見ればひどく平面的で、そもそも何十年もの間、枯れずにいる花があるはずもなかったから、

（なぁんだ、絵か……にしては、ずいぶん真《しん》に迫っているな）

軽い失望半分、新たな感心も半分で肉筆画か、それともよくできた印刷物かと手に取ってみると、どちらでもなかった。

それは灰色の台紙に貼られ、半透明の紙で覆《おお》われた植物標本で、色鮮やかにして生きと見えたのは、とっくに干からびた押し花に過ぎなかった。

……正体は割れたとはいえ、疑問は去らなかった。

こう見えて、花と星を愛《め》でることについては人後《じんご》に落ちないつもりで、それらの名前も人より知っているつもりだったが、まるで見たことのない花だった。

大小の花弁が重なり合って美しい文様を描き、その一つ一つに絶妙な色の変化がある

ためか、まるで渦を巻いているように見える。静止しているはずなのに揺れ動いて見える錯視図形《さくしずけい》があるが、ちょっとあんな感じだ。

すでに花が落ちて萼《がく》だけになった部分もあれば、永久に咲くことのない蕾《つぼみ》もあった。これが生きて土に植わり、葉や茎のはしばしまでみずみずしかったころには、どれほど美しかったろう――柄にもなく、そんな空想にふけっている間、私の頭はかんじんなことを考えるのをすっかり忘れていた。

おじさん――鍛治町清輝《かじまちきよてる》は、どうしてこんな植物標本を持っていて、しかもそれをこのトランクにしまいこんでおいたのか。

その疑問に、休日の午後のけだるさが吹っ飛ばされてしまった、そのときだった。ひときわ強い風が吹きこんできて、その謎めいた植物標本の覆い紙を遠慮会釈《えんりょ》なくめくった。

生き生きとしているように見えても、しょせんは花の干物。簡単にちぎれて飛び散ってしまいそうで、あわてて手で押えたのだが、それがかえっていけなかった。

覆い紙は台紙に軽く糊《のり》付けしてあっただけらしく、簡単に外れてしまった。と同時に何かパラパラという音がして、床に黒い粒がいくつも散らばった。

（種か？　ひょっとして、この標本からこぼれ落ちたのか）

と思ったが、だとしたらそのままにはしておけないし、といって花に返してやるわけにもいくまい。手近にあったティッシュボックスから一、二枚引き抜くと、一粒一粒拾い集めてペーパーにくるみ、ズボンのポケットにねじこんだ。

何十年間も保たれてきた形を崩してしまったのは申し訳なかったが、標本そのものが傷つくよりはましだ。そう気を取り直し、紙を掛け直そうとしてハッとした。

これまで紙に隠れていた部分にラベルのようなものが貼ってあり、そこにはこんな文字が印刷と青いペン文字で記されていたからだ――。

ACHIGAWA INSTITUTE FOR NATURAL HISTORY
Babilaria Amoena　Thunb.
Det.　Shizumaro Achigawa, Ph.D.
Loc.　Northern area of Hosen valley, ******, D.E.I.
Date　13 Mar. 194*
Hab.　Grow in subtropical forest, margin of the natives' village. Ca 55m ait

Coll.　Kiyoteru Kajimachi

むろん、とっさにここまで細かく理解できたわけではない。すぐに読み取れたのは、一番上に印刷された大文字ばかりの活字の行列。

そことDet.とかLoc.、それにDate（これはわかる、日付だ）といった項目以外は全て手書きで、意味や内容よりもまず何と記してあるのかが、わかりかねた。

おそらく二行目に記されたBabilaria Amoena《バビラリア・アモエーナ》が、標本にされた花の名前だろうと見当をつけた。だが、それだけだった。

かろうじてアルファベットを判読するのがやっとで、ことに四行目には全く判読できない個所があった。

それでも、何となく日本で採《と》れた植物ではないことだけは、花の見た目やラベルの書きようからして感じ取れた。だが、それ以上のことは何一つわからなかった。

だが、私にとっては末尾の一行だけで十分だった。だいぶ色あせた青インクで書かれた筆記体の文字が、大声で語りかけてくるような気がした。

Kiyoteru《キヨテル》・Kajimachi《カジマチ》――鍛治町清輝！

その名に、このトランクの中身で接すること自体には、何の不思議もない。これは〝おじさん〟の持ち物なのだから、その名を記したものは、ほかにいくつだってある。

その品目ときては千差万別だ。いろいろと活動範囲の広い人だったようだし、今日トランクの虫干しを試みて、ますますその正体がつかめなくなった。

何だかトランクを開けるたび、中身が入れかわったり増えたりしているのではないかと疑われてきたほどだ。

だから、こんな押し花の一つや二つ混じっていたとしても、それがはるか異国の気配を感じさせるものであったとしても、今さら驚く必要はなかったのかもしれない。

土産物としてもらったか、自分で買ったか。何かしらいきさつはあることだろう。

だが、標本に付されたラベルにまで名前が記されているとなれば、話の次元が違ってくる。

どのような形でかは知らないが、おじさんはこの標本を作るに当たって、何らかの形でかかわった。そしてそれは、意外に深いかかわりではなかったか――そんな予感がしてならないのだった。

2

——その予感は、とりあえず当たっていた。

「なになに、Det. は Determinated by の略で種の同定者を示し、Loc. は Locality の略で採集地、Hab. は Habitat の略でここには生育地の環境を記し、Ca は標高をあらわす。Date は採集日で、Coll. は Collector の略で……採集者の名前か。ということはやはり！」

最初は心の中でだけつぶやいていたのが、口の中で舌にダンスをさせ始め、ゴニョゴニョからヒソヒソに、そして最後の一節ははっきりと声に出してしまった。

ま、まずい！　あわてて手にした本で顔の下半分を覆うと、そっと周囲を見回した。

——ところは、とあるショッピングビルにあって、けっこう品ぞろえが充実しているため重宝している書店。その、ふだんは足を踏み入れたことのない一角で、私は植物採集に関する本を立ち読みしていた。

あの妙に生々しさをとどめた植物標本、そのラベルに〝おじさん〟こと鍛治町清輝の名が記されていた事実を追っかけて、私は分厚い図鑑や植物学書に立ち向かった。

まずは、あの花の名前らしき〝バビラリア・アモエーナ〟について調べてみようと思った。その図版があの押し花と一致すれば、とりあえず一歩前進といっていいだろう。

だが、やみくもに学術書を引っ張り出してはみたものの、そこから何か事実を探り出すどころか、何をどう調べたらいいかわからなかった。そのあげく、本の重さに手首を痛めそうになって、早々に本棚にもどさざるを得なかった。

そういえば、以前、調べものの極意を教えてくれた放送作家が、それよりだいぶ前にこんなことを教えてくれた。

私は「歴史とか地理とか、科学関係のトピックスとか、よくそんなに知ってるな。しかも、お前さんが書いた番組を見ると、十分に咀嚼《そしゃく》してる。やっぱり昔から勉強してるのか」と、素直に感心して訊いたのだが、彼が答えたことには、

「なぁに、そういうこともあるが、大半は付け焼刃のにわか勉強さ。ただ秘訣《ひけつ》があるにはあるんだ」

「そんな秘訣があるのか」

「ああ、とにかく初心者向けの入門書……それもプライドなんて投げ捨てて、子供向けの本から読むんだ。ほら、図鑑とか読み物とか、いろいろあるだろう。学習漫画とかも、絵の一コマ一コマに考証が行き届いていて侮《あなど》れないぞ。とにかく誰と誰が何をどうしてそうなった、という骨組みのところがしっかり、わかりやすく描いてあって、歴史ものなんかは人間関係や時代背景の一番大事なところが、もらさず押えてある。監修には学界の最高権威がついているから、正確さは折り紙付きだ。

以前、太平記や南北朝について調べたときは、一つ一つのエピソードは面白くても、全体像がうまくつかめなくて困ったが、児童向けの歴史本を読んだら、それらがみるみるスーッとつながっていって驚いたよ。もっとも、そういうのは超ロングセラーが多いから、近年どしどし出てきてる新しい知見《ちけん》がスッポ抜けてるのは用心しなくちゃならないがな」

なるほど……と、子供向けの棚に移動してみると、確かに面白いし、読むうちに自分でも植物採集に行きたくなった。だが、さすがにその手の本では、あの横文字だらけのラベルは解読不可能だ。

そこで、児童書でこの手の本について見当をつけてから、一般向けの本に移動して、基本的には同じ内容しか書いてない「標本の作り方」のページを開いてみると、英文でのラベルの書き方が載っていた。

そこで、一気にわかったのだ。〝おじさん〟――鍛治町清輝は、一九四〇年代の三月十三日に、どこにあるのか見当もつかないホーセン（？）峡谷《ヴァレー》の北部地域《ノーザン・エリア》、原住民の村《ネイティヴズ・ヴィレッジ》と境を接する亜熱帯樹林《サブトロピカル・フォレスト》、標高（Ｃａ）五十五メートルの地点に生えていた、この花を採集《コレクト》したのだと。

時代を考えれば――そして、おじさんが若き貿易商であったらしいことを考え合わせても、かなり特異な体験と言わねばならなかった。

その特異な体験に彼を導いたものがあるはずで、それはラベルの中に同定者《デターミネーター》として記されたShizumaro Achigawaなのではないだろうか。Ph.D.ということは博士号持ちであり、〝バビラリア・アモエーナ〟の採集はこの人の主導だったと考えるのが自然だ。

何よりそれを示すのが、上部に刷られた「アチガワ博物学研究所《インスティテュート・フォア・ナチュラル・ヒストリー》」の名だ。

個人研究所を持っており、しかもあの時代に外地で植物採集を行なうのは、どう考えてもただ者ではありえない。それほどの人物であるにもかかわらず、私には全くなじみのない名前だったが……。
アチガワ・シズマロ――その文字列に「阿地川鎮麿《あちがわしずまろ》」の漢字が当てはめられ、その特異な人物像が私の前に現われるまでに、しかし大した時間はかからなかった。

それは、日々の幕間のちょっとしたひととき、私が彼としばらくぶりに食事をともにしたときのことだった。

彼というのは、私がいつか話した〝おじさん〟のことを舞台にかけてみないかと提案したプロデューサーだ。

場所はあのときと同じ、やたらとコーヒーが苦くて夜ふかしな喫茶店。もっとも用件は別で、今の劇団運営について私の意見を聞きたいとのことだったが、その実、九割方は資金繰《ぐ》りと役者たちに関する愚痴に占められていた。

あの件について、何か訊いてくるかと思ったら、いっこうそんな気配もない。まだ緒《しょ》についたばかりで、しかも早々に〝おじさん〟の正体をつかみかねて迷路に入ってしまった。

　だから、その話題が出なくてもっけの幸いだったのだが、かといってまるで出ないのも、あの企画は雲散霧消《うんさんむしょう》したのではないかと気にかかる。この業界では、あまりにもありがちなことだ。だから彼が、

「そういえば、こないだ話した……」

　そう言いかけたときには、困惑と安堵《あんど》を半々に、さてどう報告したものかと迷った。とりあえず、

「それがだな、実はこないだ……」

　言いかけたとたん、プロデューサーの胸ポケットで携帯端末が、虫のような振動音をたてながら光り始めた。彼はすぐさま電話に出ると、

「ちょっと失礼……ああ、そうだ……ちょっと待ってくれ、外に出るから。悪い、すぐもどるから」

　最後の一節は私に言い置いて、席を立っていってしまった。

　何となく出ばなをくじかれた格好で、私は独《ひと》りテーブルに取り残された。

　すぐという言葉とは裏腹に、彼はなかなか帰ってこなかった。所在なさに店内を見回したりしていると、ふと卓上の雑誌が目に入った。

Ａ４よりやや大きく、Ｂ４よりはずっと小さいサイズのそれは、いわゆるグラフ誌らしく、豊富な写真と、ざっと見たところでは学者を中心とした執筆陣の寄稿から構成されていた。

今どきこんなぜいたくな雑誌があったんだな――と表紙をよく見れば、発行されたのはもう十年以上前だ。

それにしては表紙も中身も新刊さながら真新しく見え、造本もしっかりしている。たぶん、こういう店やサロン的な場所に、長くバックナンバーを置いてもらうことを狙っているのだろう。

何となくページを繰ってゆくと、日本国内に限っても、これほど多くの奇勝《きしょう》や珍景が残っているのかと驚かされた。

荒々しい自然と自然のぶつかり合いや、時が止まったような人々の営み、懐かしい街の風景――ほんの少し時をさかのぼったこの国には、そういったものが確かに存在していたのだ。

いや、今も残ってはいるのだろうが、それをこうした形で取り上げる雑誌はもうないのかもしれない。これよりさらにさかのぼった、かつては、雑誌という媒体が全盛で

（実際にはそれに載せる広告が、だったのだが）、単行本ことに小説本などは絶滅してしまう、などと豪語する声があったものだが。

いや、舞台だって、あのころは虚《むな》しい空《から》景気にわいていて、小劇場から一躍メジャーな栄光を夢見る若者が後を絶たなかった。

そのころなら、こうした雑誌も十分に成り立ったのだろうが——などと考えながら、とある一ページをめくったとたん、息が止まるかと思った。

見開きの画面いっぱいにとらえられた、どこかエキゾチックな西洋館。西洋と言いつつ、どこかイスラム的な風味を漂わせる。

そこにコラージュされた、風変わりな品々がある。昆虫標本、大昔の博物学書からでも取ったものだろうか、極彩色の銅版画、そしてそれらを見下ろすように優しく微笑《ほほえ》みかける、端整な容貌《ようぼう》の紳士——。

それらすべてを説明する形で、その見開きページには次のようなゴチック文字が記されていた。

「阿地川鎮麿という生き方」

と。

阿地川鎮麿！　まさに不意打ちと言っていい登場の仕方だった。おじさんのトランクの中の、あの植物標本のラベルに手書きされた文字がにわかに具体的な姿をともなって、立ち現われたのだ。

私はもう夢中で、その小特集の記事に読みふけった。それは、この雑誌の誠実さをあらわすかのように生き生きとして、しかも細部まで取材の行き届いたもので、一度読み始めたら、もう目を離すことはできなかった。

あまりに熱中しすぎて、通話を終えてもどってきたプロデューサーが「おい、どうした」と声をかけるまで、気がつかなかったほどだった……。

3

——阿地川鎮麿は、いわゆる大名華族の跡取り息子として生まれた。

本人や親族の回想によると、生家は格式と慣習に縛られて身動きもならず、年中ほとんど火の気のないような陰気な屋敷で生まれ育った。

それでも、上流階級の子ならではの特権に恵まれて、英国に留学し、ケンブリッジに学んだ彼は、博物学の面白さに目覚めた。この学問の、実証的な科学にとどまらず、歴史や文学、美術をも包括する懐《ふところ》の広さが、彼にはひどく好《この》もしく思えたようだ。それは父侯爵や一族の期待に背《そむ》くものではあったが、彼は構わずに好きな学問に打ちこみ、東西の古典に通じた教養を駆使して、絶滅動物と伝説上の存在を考察した論文で博士号を取得した。

その英才ぶりは、動物学に造詣《ぞうけい》深いレッドフォード公爵やブラウシュペーア男爵にも認められ、父や祖父のような年齢差の彼らと親交を深めた。

かたわら、飛行機の操縦免許を取ったり、カーレースに出場したりしたかと思えば、それこそ博物学的分類が必要になるほど多彩なご婦人たちと浮き名を流した。

彼に匹敵するのは同じく高貴な生まれで、ヴァイオリニストとして、また指揮者として名声を轟《とどろ》かせた厨子《ずし》園庸光《ぞののぶみつ》ぐらいだろうか。実際、この二人には交流があったようだが、今はとりあえず関係がない。

そんなことより、この時代の日本人として鎮麿が稀有《けう》な存在だというのは、彼がさまざまな探検隊に参加し、数多くの珍獣奇鳥をその目で見たという事実だ。

たとえば、生きたゴリラを初めて目撃した日本人こそは、阿地川鎮麿だ。もっともこの当時、新発見の動物を目撃するということは、次の瞬間、猟銃で狙い撃ちしてその死体を剝製《はくせい》用に持ち帰ることを意味した。

そのほか、フィリピンの奥地に生息すると噂された有尾人の探索に乗り出して、熱病と渇きで半死半生の目に遭《あ》ったかと思えば、中国の四川省《しせん》に赴《おもむ》いて、当時まだ幻の存在だった「パンダ熊」を生け捕りにする計画も立てていた。

その興味は鳥類や昆虫、植物にまで及び、まるでそれらと心が通い合ってでもいるかのように、これはと探し求めた生物には必ず遭遇することで、凄腕の採集人《ハンター》にして霊感の持ち主と騒がれるほどの実績を積み上げた。

そんな冒険と探検の果て、父の死去に伴い帰国して侯爵の位を継いだ。だが、案の定というべきか、日本という国のありようは、この若きプリンスの行動と思考のすべてを縛るものだった。

その素行はしばしば紛糾の対象となり、不穏当な交友が取りざたされた。忠告や諫言《かんげん》という名の言いがかりは、ありとあらゆる方面に及び、大好きだった飛行機の操縦も禁じられてしまう。

最終的には、爵位を返上させられるはめにまで陥《おちい》った。だが、そんな肩書に対し未練はないようだった。侯爵《マーキス》アチガワでなくなっても、ドクター・アチガワであることに変わりはなかった。

そんな彼が、周囲の雑音と束縛から逃れるように、あるいはそんなものははなから無視しつつ建設したのが、さる温泉名所に今も残る阿地川侯爵別邸である。

本邸は東京・三田《みた》にあるのだが、そこでは得られない自由を満喫すべく、この屋敷が建てられた。と同時に、ここにはもう一つの顔があった。やがて海外にまで知られることになる別名が、表示板に刻まれて門柱に掲げられた。

《阿地川博物学研究所》――ACHIGAWA INSTITUTE FOR NATURAL HISTORY

折しもそれは、彼が愛した欧州で戦火があがる直前のことだった。

こんな人がいたのか、こんな人生が、この面白みのない国にありえたのか……私は感嘆しないではいられなかった。

そして今、その記事で見たのと同じ建物が、特異な姿を私の目前にそびえ立たせていた。

こういうのをスパニッシュ・スタイルというのだそうだ。時を経てすっかり黒ずんではいたものの、壁には白い化粧漆喰《スタッコ》が塗られ、屋根はテラコッタの瓦で葺《ふ》いてある。

窓や戸口にはアーチ形を多用し、あちこちに貼られた絵柄タイルが面白いアクセントとなっていた。

何より特徴的なのは、主屋《おもや》に付属した円筒形のタワーで、これと周囲に植えられたシュロやヤシといった南国の木々が、何やらお伽噺《ばなし》めいたムードを塀《へい》の外にまで漂わせていた。

雑誌記事によると、ここ旧・阿地川別邸は元侯爵が五十にもならずに急死したあと、その膨大なコレクションや研究業績を伝えるため、有志によって管理され、記念館兼博物館として機能しているということだった。

そこだけが、現実とは食い違っていた。

記念館にしろ博物館にしろ、それらしい表示は何一つなく、閉ざされた門には見知らぬ個人の表札がかかっていた。それも、カタカナ書きになっているせいで、日本人（だとしたら、かなりの珍名）か外国人なのか、区別がつかなかった。

どうやら、例の雑誌がここを取材して以降、何か大きな変化があったらしい。

あてどなく周囲の塀を巡ってみたが、こんもりとした木立に囲まれた館には人の気配もなく、入り込む余地もなかった。むろん、あったところで中に忍び込むには、私には分別がつきすぎていた。

しかたなく門前にもどった私は、門柱に蟬《せみ》みたいに張りついたインターホンを、思い切って押してみた。えらく古びた機種だった。

何の反応もないように感じられたのは、建物が遠すぎるせいか、それともインターホンそのものが用をなさなくなっているのか。かといって、すぐまたボタンを連打する気にはなれず、そのまま同じ場所に立ちつくしていた。

ふいに、自分が年がいもなく馬鹿げたことをしているのに気づいた。あの雑誌で阿地川鎮麿の名を見出《みいだ》し、この屋敷におじさんの手がかりを求めて、日を置かずにやってきたことが気恥ずかしく感じられた。

いや、ちゃんと試みるべきは試みたのだ。まずは、あの記事について編集部に問い合わせてみようと考えたが、半ば予期していた通り、この雑誌はとうに廃刊していた。版元も聞いたことのないところで、たどりようがなかった。

ならばと、直接出向いたのだが……こんなふうに弁解がましく考えてしまうこと自体、やはり年を取ったせいか。

もっともその分、行動に思わしい結果が伴わないことにも慣れている。ここはもう一度、インターホンを押してみて、それで反応がないならあっさり退散しよう——そう考えた。

そして、これが演技ならばいささかクサいと演出からダメ出しをもらいそうな動作と思い入れで、ボタンに指を伸ばした——と、そのときだった。

「こちらに、何かご用ですか」

だしぬけに背後から投げかけられた声に、私は驚いてふりかえった。だが、その驚きはふりかえったことで、たっぷりと十倍増しにはなった。

いつの間に現われたのだろう。私の数歩背後に一人の青年が立っていた。それも、ほっそりとして、明らかに異国的な風貌《ふうぼう》をした、絶世の美青年ともいうべき人物だった。

——陳腐《ちんぷ》な表現とは、百も承知だった。

だが、陳腐な表現でなければ言い表わせない現実というものもある。実際、そのとき私の背後に立っていたのは、そうとしか言いようのない人物だった。

「…………！」

私は思わず息をのんだ。人気のない屋敷町のただ中で、いきなり彼女——いや、彼と遭遇したら、誰だってそうすることだろう。

そう、まばゆいスポットライトを浴びたかのような鮮烈さで、眼前に姿を現わしたその人を、てっきり最初は、若い女性かと思ったのだ。

顔はやや浅黒く、秀《ひい》でた額にかかる髪は、つやつやとした漆黒で、肩に触れるか触れないか。その下で輝く双眸《そうぼう》は、それにも増して黒く、鼻筋は小ぶりだがスッと通っており、唇はどこか蠱惑《こわく》的だった。

スタンドカラーのジャケットと、同じ淡い色のスラックスに包まれた体は折れそうに細く、しかし鋼《はがね》のように強靭《きょうじん》に見えた。

この人は、いったい……？　相手の正体をつかみかねて立ちつくす私に、その人はさっきと同様な言葉をくり返した。

「こちらに、何かご用なのでしょうか」

それを聞いて、やっとわれに返った。その美しい唇から漏れる声音が、相手の性別をとうから物語っていたことに気づいた。

「いえ、あの」

私は、これも演出家から文句の出そうな稚拙《ちせつ》さで口ごもると、半歩ばかり後ずさりした。それでもどうやら気力をふり絞りながら、

「この屋敷の主《あるじ》だった阿地川侯爵とかかわりのあった人物を調べておりまして……。その、私の親戚――とは言えないのか、とにかくごく古い知り合いについてなんですが」

しどろもどろに語る私を、美しい青年はじっと見つめるばかりだった。その後もクドクドと何か言い訳めいて語った気がするが、内容はまるで覚えていない。

ただ、青年の漆黒の瞳が輝きを増し、その唇に浮かんだ微笑が次第に濃厚さを増していったことだけは確かだ。

その果てに、青年の唇がかすかに動き、だがはっきりとこう言った。

「――わかりました。私がお話しできることでしたら何なりと」

青年はゆっくりと、その細い手指を門の方に差し向けた。すると、さっきまで固く閉ざされていたはずの門扉《もんぴ》が、ほんのわずかだが開いているではないか。いや、元からそうだったのかもしれない。

ほんの少し前のことさえ確信できずにいる私に、美しい青年は言った。

「どうぞ、こちらへ……。高名な阿地川侯爵のコレクションが、あなたをお待ちしております。残念なことに、完全なものではないのですけれど」

気がつくと、青年の手が私のそれに軽く触れていた。そのまま私は、あらがいようもなく屋敷の内に引き入れられていった。

4

――ほの暗さから一転、明るい照明に浮かび上がったそこは、外観にも増して奇妙不思議な空間だった。

中は広々として、真新しい白壁にはしみ一つない。そのところどころに穿《うが》たれたアーチ形と、イスラム風な文様を焼き付けた絵柄タイルの連なりが、歩くにつれ視覚的なリズムを刻んで心地よかった。

廊下に沿ってズラリと並ぶのは動物の剝製、どこまでも続く陳列ケース。その中には無数の植物や昆虫の標本が収められていて、その一つひとつに付された分類ラベルは、私が見つけたものと全く同一だった。

（やはり、本来ここにあるべきものだったのか……だとしたら、どうしてあのトランクに？）

そのことを知るため、ちょっと立ち止まって確かめてみたかった。だが、美青年はスタスタと歩を進めてゆくばかりで、

「あの、ちょっと……」

と声をかけてみたのだが、まるでとりつく島もなかった。

とりあえず安堵したのは、ここが記念館兼博物館であることをやめたあとも、阿地川侯爵の業績や収集品をとどめる役割は果たしているらしいことだった。

だとしたら、なぜ今はその看板を下ろしてしまったのかがわからないが、たぶん一般に公開し開放することで生じる負担に耐えられないとかの事情があったのだろう。

何にせよ、今はめったと入れないであろうこの屋敷を堂々と闊歩《かっぽ》していられるのは、あの美青年と出くわしたおかげだ。

そのことは恩に着るとして、いったいどこへ連れてゆくつもりなのか——そんな疑問とかすかな不安が胸にきざす。その答えは、ほどなく彼の口からもたらされた。

「さ、こちらの部屋です。あなたにお見せしたいものがあるのは……」

おもむろに姿を現わしたそこは、打って変わって味気なく、木製やスチールの本棚が縦横に並んだ一室であった。その大半は雑誌の合本や新聞の縮刷版、スクラップブックなどで占められている。

それらの間をかいくぐるようにして行き着いた先には、灰色のキャビネットボックスがあり、美青年はその引き出しの一つを躊躇なく開いた。

中にはぎっしりと、厚紙を折ったようなものが詰めこまれていた。よく見ると、耳のように飛び出した部分にアルファベットが記されており、そのどれもがKで始まっていた。

と思う間に、美青年はヒョイとその一つをつまみ出した。

それはペーパーフォルダ、紙ばさみと呼ばれるもので、書類や手紙を間にはさみ、タブと呼ばれる耳の部分に、人物や事項などの名称を記して保管するというものだった。

私は、美青年が手にしたフォルダの耳《タブ》を見てドキリとした。そこにはまぎれもなく“KAJIMACHI, Kiyoteru”と記されていたからだった。

「そ、それは……？」

と思わず意気ごむ私に、美青年はいたずらっぽいような、気の毒そうでもあるような微笑を浮かべてみせた。

「そう……でも、残念ながらこうなのです」

美青年がそう言いながらフォルダを開くと、そこは空っぽだった。あっけにとられる私に、

「このファイリング・キャビネットには、阿地川鎮麿がかかわった人々と交わした書簡や、彼ら彼女らに関する書類やメモが一括して保存されています。カジマチ・キヨテルと記されたペーパーフォルダがあるということは、彼とこの人に何らかのかかわりがあった証拠であり、彼に関する資料がなければ、わざわざこんなものを作成したりはしません」

「ですが、現にここには何も……？」

フォルダの中を見、次いで彼に視線を向けた私は、その美貌と、どこか悲しげな表情に気圧《けお》される思いで口をつぐんだ。

「つまり、あなたの〝おじさん〟と阿地川鎮麿の交流はかつて存在し、けれどある時点で抹殺されたということです。だとしたら、空っぽのフォルダだけを残した意味がわか

りませんが、おそらくは、せめてそのようすがをとどめることで何かの意思を示そうとした、ということなのかもしれません……」

「ということは、いったい……？」

物静かに、だが矢継ぎ早に突き付けられた事実に、私は惑乱し、かんじんな疑問を頭の隅に追いやってしまった。

（あれ、〝おじさん〟って……そもそも、おれは鍛治町清輝の名前をこの人に告げたっけかな。ただ「ごく古い知り合い」とだけで……いや、言ったような気もするが、どうだっけ）

そんな私をしりめに、美青年はまたスタスタと歩き出した。

次にたどり着いたのは、ゆったりとした書斎らしき広間で、大きな机の背後には王様でも腰掛けそうな背もたれの高い椅子、さらにその後ろには上部が三角形になったマントルピースが据えられていた。

ここの庭に面した扉も窓もアーチ形で、南国風にのびやかな空気感を漂わせる。

それやこれやを見回すうち、ふとあることに思い当たり、

「ひょっとして、ここは……？」

われ知らずもらしたつぶやきを、美青年は聞き逃さなかった。

「そうです。ここが阿地川侯爵——にして博士——の書斎だった場所なのです」

「えっ」

思わず声をあげてしまったのも無理はなかった。

そうか、ここが……と感慨めいたものを覚えたものの、それが鍛治町清輝とどうつながるかは、まだ見当もつかなかった。

とまどう私に客用の椅子をすすめ、美青年はどういうつもりか主人の席を占めた。

その目前には、革で装幀《そうてい》された本が机上に鎮座していて、彼はその分厚いページを竪《たて》琴《ごと》でも奏《かな》でるような手つきで繰り始めた。

その本のページを埋めているのは活字ではなく、手書きの文字だった。

これは……？　という疑問を胸に、視線を向けた私に、

「これは……阿地川侯爵の回顧録《かいころく》です。彼の古めかしい大名屋敷での生誕から、この別邸での死の直前までの日々が、克明に記録されたもので、日記とは言えないまでも、ほぼ切れ目なく彼の人生を追ってゆくことができるのですが……仔細《しさい》に見てゆくと、一か所だけ記述に中断があるのです」

「そ、それは、いつからいつまでですか？」

「一九四×年の二月末から三月ほぼいっぱいです。この時期、阿地川侯爵は、日本の支配下に入った旧オランダ領東インドのある地方に、動植物の採集旅行に赴いていました……そのことは、傍証《ぼうしょう》からも明らかなのに、なぜかそこだけが、すっぽりと抜けている。この通り、回顧録のページに不自然な空白を残してまでね」

言いながら示したページには、確かに中途半端な空行があった。後日気が変われば、書き足すつもりがあったのか、それとも埋めてしまうにしのびなかったのか……。

だが、そんな疑問にも増して、私の心を占めているものがあった。

みるみる伸び上がる入道雲のようにふくらんだその思いは、あのラベルの日付に関するもの――三月十三日が、まさに美青年の言った「空白」に収まるものだったからだ。

そしてもう一つ、ラベルの採集地《ロケーション》の項の末尾に記された“D.E.I.”とは、オランダ領東インド《ダッチ・イースト・インディーズ》――当時の言い方では「蘭印」の略称ではなかったか？

「ちょうど、このころ」

美青年は、私の動揺を知ってか知らずか続けた。

「阿地川侯爵は、キナ臭く血腥《ちなまぐさ》い南方の、日本軍の進出に伴って『宝泉《ほうせん》峡谷』と呼ばれるようになった一帯で、ネモフィラ蝶《パピリオ・ネモフィリス》と呼ばれる希少種を探していました。これは蝶《ちょう》類図譜の最高傑作と呼ばれるヤン・クリスチャン・セップの『神々の驚異の考察《ベスシハウィング・デア・ヴォンデレン・ホッズ》』に紹介されて、その美しさから評判となったものの、長らく幻とされてきた蝶です。

　ところが、日本占領下でのその蝶の目撃情報が、にわかに伝えられ、それはこの別邸にもたらされました。このころ阿地川鎮麿は何かと行動を制限され、爵位の返上まで取りざたされるありさまで、この別邸にこもっての研究を余儀なくされていたのですが、こんな朗報を聞かされては黙っていられるはずがありませんでした。

　彼は誰の手も借りず、隠密裏に日本を発《た》ちました。当時の状況を考えれば、相当に浮世離れした話ですが、いくら有力華族でもそんなことが許されるにはわけがありました。この蝶探しは、軍のバックアップを得ていたのです。

侯爵の助手として、現地にいた若い兵士——だったか軍属の民間人だったかをつけてもらい、二人は捕虫網と胴籃《どうらん》その他一式を引っ提《さ》げ、高温多湿と毒虫、もっとやっかいな生き物たちに悩まされながら、ひたすら現地の野山を駆けめぐりました……」

　いろいろなものが、彼の言葉とともにつながってゆく。Hosen valleyという奇妙な響きの地名は、日本人が占領地に押し付けたものだったとすれば納得がゆく。「宝泉」

というからには、石油その他の資源でも出たのだろうか。

侯爵のお供として、昆虫採集というには危険すぎる旅に出かけた若い兵士ないし軍属……それはきっと〝おじさん〟だ。当時二十代であり、貿易商でもあった鍛治町清輝なら、その時期そんな異国の地にいたとしても不思議はない。

「そして……それからどうなったのですか」

私はそっと手に汗を握り、続きをうながした。美青年はうなずいて、

「努力のかいあって、二人はついにある村と森のはざまで、ネモフィラ蝶を発見します。それも、一匹や二匹ではなく群舞する姿を！　というのも、そこにはその蝶たちの唯一の好物があったからです」

なるほど、特定の花の蜜にしかたからない昆虫がおり、植物の方も彼らに受粉を任せている場合があると聞いたことがある……ということは、まさか、もしかして！

そのとき、私の脳裏にひらめいたものがあった。私は軽く息をととのえてから、

「その好物というのは……もしかして、バ、バ、バビラリア・アモエ、エ、エーナという花だったのではありませんか」

今から七十年以上前、阿地川鎮麿につきしたがって、蘭印の宝泉峡に入った鍛治町清

輝は、幻の蝶を追う旅の副産物として、それに匹敵する珍奇な花を見つけ、採集した。

そして、それを同定し、バビラリア・アモエーナだと結論づけたのが、侯爵でもあり博士でもあるこの別邸の主だった……ということではなかったか。

私は固唾《かたず》をのんで、美青年の答えを待った。

だが、彼は答えることなく、スッと立ち上がると、近くの本棚から一冊の書物を抜き出してきた。えらく大判のそれを机上で開くと、目もあやな極彩色の図版が広がった。

私は息さえできずに、そこに描かれた植物を見つめた。

妖《あや》しく美しく、どこかこの世のものならぬ風情で咲き誇る花——それは、あの干からびて色あせ、なお美しさをとどめていた標本のそれとそっくりではないか。特異な花弁も、葉の形も何もかも一致してはいなかったか。

その図に添えて記された文字は Babilaria Amoena ——私の目の中をその文字列が流れてゆくのに合わせるかのように、

「バビラリア・アモエーナ……その名のあとに添えられた Thumb. の略号が示すように、かつて日本にも長崎出島の医師として駐在したカール・ツンベルクが南洋の地で発見したもので、優美や愛らしさを意味する amoenus《アモエヌス》 が由来の 種小名《スペシフィック・ネーム》 にふさわしく可憐にして妖艶な花をつけていた……」

　美青年の流れるような、そしてどこか官能的な語りが、私の鼓膜をなでた。その語尾の表現にハッとさせられたが、彼はかまわず続けた。

「しかし、そうした外見とは裏腹に、この花は一つの魔性を帯びていた。この花から採れる成分にはきわめて強い毒性がふくまれていて、しかもそれは主として人間の精神を侵すものだった……痛みを取り去り、恐怖を打ち消すという点において。

　それがゆえに、現地の人々はこの花を禁忌《きんき》とし、わずかな量を痛み止めに用いたり、外科手術の際の麻酔薬として投与する以外は、きびしく使用を禁止していた――あと、死の床に就《つ》いた人に心安らかな最期を迎えさせる目的を除いては。

　魔性というよりは善悪二つの顔を持つとでもいうべきか。使いようによって、どちらにでも転ぶこの花は、だから村人たちの知恵と自制によって守られてきた。

　だが、日本人と呼ばれるよそ者たちにとっては、この花の毒の邪悪さこそが貴重だった。ここから精製した薬を服用させれば、どんな負傷も病苦も飢餓《きが》も感じない兵士をつくることができる。これによって一切の補給は無用になり、皇軍は兵站《へいたん》というよけいな足枷《あしかせ》から解放される……」

さっきまでの慇懃《いんぎん》な口調とは、すっかり変わっていた。その美貌には、もはや微笑の影すらもなかった。

「何より好都合なことに、死への恐怖を完全に取り去ることができるから、自ら爆弾となって敵艦に突っこみ、魚雷の中に詰めこまれて撃ち出されることを厭《いと》わない人間を大量に作り出すことができる。もっとも、これは日本人に関する限り、必ずしも必要ではなかったかもしれないが、しかしあれば一億国民の最後の一人まで消費することができる。

ともあれ、日本軍にとってはのどから手が出るほどほしい代物ではあったが、その所在はどうしても知れなかった。そこで目をつけたのが、現地から伝えられたネモフィラ蝶の目撃情報と、そのニュースに飛びつき、首尾よく幻の蝶ひいては悪魔の毒草を見つけてくれるに違いない博物学マニアのお殿様だった。何より世界的に知られ、信頼もされているマーキス＝ドクター・アチガワの名は、軍の隠れ蓑《みの》として便利きわまりなかった……」

「そして、阿地川侯爵とおじさん――いや、彼の助手が首尾よくネモフィラ蝶を、そしてバビラリア・アモエーナを発見した……そのあとは。そのあとはいったいどうなったのです。いったい何があったのですか」

私は、どうしようもなく忌《い》まわしい想像にかられながら言った。

「いったい何があったか――それは、わかりません」

美青年は、ていねいな口調にもどりながら、表情は冷たいままで答えた。

「えっ、わからないとは、どういうことです」

思わず問うた私に、このうえなく厳しい笑みが返された。

「だって、しようがないじゃありませんか。バビラリア・アモエーナの群生も、それを守り育《はぐく》んできた村も森も、あとかたもなく地上から消え失せてしまったんですから。阿地川侯爵と若い助手が、珍種の花と蝶を二つながら発見し、村人とも交歓し、ちゃんと礼物を渡して大喜びで帰路についたあと、日本の兵隊たちが大挙して押し寄せたことによってね」

「！」

その瞬間、私は心臓を締め付けられたような気がした。

わからないはずはない、容易に想像のつくことではないか――善にも悪にも転ぶ魔性の花を守り続けてきた人々と、それを奪い取りに来た遠い国の軍隊。人々が花を渡すわけはなく、軍隊がそれで引き下がるはずもない。

当然そこに争いが起き、その結果として、花も森も村も人も、きれいに消え失せた
……何もかも全てが。

「いえ、そうでもありませんよ」

ふいに美青年が、私の心を読んだかのように言った。

「蝶だけが――ネモフィラ蝶だけは生きのびました。そして蝶は、あれからというもの、失われた花を探し求め……そして、今日という日まで過ごしました」

「どういうことです？」

思わず後ずさりしかけた私の肩に、美青年の腕がさしのべられた。スルリと首にまきついたそれは、抵抗のいとまもなく私の体を間近まで引き寄せた。

気づけば、匂い立つような美貌が目前にあり、その息遣いはもちろん体温まで感じられた。

「どういうこと？　こういうことですよ」

言うが早いか、美青年の手が私のズボンのポケットに滑《すべ》りこんだ。いったい何をされるのか？　と小娘のようにおびえた次の瞬間、彼の手は何かをつかんだまま引き抜かれ

た。

その指の間にとらえられたもの——それは、いつかポケットの中にねじこんだまま忘れていたティッシュペーパーだった。その中に包まれた黒い種だった。

「あ、それは……」

と言いかけた私の視野を、突然何かが覆った。パタパタとはばたくそれは、鳥の翼のようでもあり、まるで違う何かのようでもあった。

その〝何か〟の羽ばたきにつれて、映写機のちらつき《フリッカー》のように明滅する光を浴びるうち、私は激しい立ち眩《くら》みに襲われた。

よろめく体を支えきれずに膝をつき、頭を抱えた。固く閉じたまぶたの向こうで何かがうごめき、やがて遠ざかっていった。

全ては闇にのまれ、だがそれを蹴破るように激しい光の明滅が、まぶたの裏を灼《や》いた。

ふいに立ち眩みが去り、私はおもむろに目を開いた。何とそこは、阿地川侯爵別邸の門前で、とっくに日は落ち、茜《あかね》色の空の彼方《かなた》でカラスが鳴いていた。

見回せば、別邸の正面扉が開いて、そこから一人の男がこちらをうさん臭そうに見つめていた。

あの美青年ではない。どこにでもいそうな日常そのものといった男で、その目には断固としてこちらを拒否する警戒心しか宿ってはいなかった。

おそらく彼が、ここの現在の住人ないし管理者なのだろう。こちらの挙動によっては、すぐにも一一〇番しかねず、ここは退散の一手しかなかった。

私は身を起こすと、服のほこりを払った。ズボンのポケットの奥にあったものが消えてしまったのを確かめながら、何気ない風を装いつつその場を立ち去った。

もうここには、あの美青年はいないことはわかっていた。たとえ何か口実をつけて建物の中を見せてもらったとしても、さっき見たような光景はもう見られないに違いなかった……。

5

おじさん——鍛治町清輝はもちろんだが、阿地川侯爵もまた、自分たちが幻の蝶を追い、魔性の花にたどり着いた結果、あまりにもむごたらしい悲劇が起きるとは知らなかったのだと信じたい。

だが、その記憶はあまりに忌まわしく、また恥ずべきもので、鍛治町という助手に関する記録を破棄しないではいられなかった。

それでも、彼の名のついたペーパーフォルダを残し、回顧録に空行を残したことには、何かしら思いがあったのかもしれない。

それが証拠に、恐ろしい悲劇の原因となった花の標本は、おじさんの手にゆだねられ、そのトランクに封印されて眠り続けた。結果的にそれは、二人のかかわりを証《あか》す唯一のものとなった。

何より私にとっては、鍛治町清輝という人の足跡《そくせき》を知るきっかけとなったわけだが、彼がいったい何者であったのかという疑問は、ますます深まるばかりだった。

だが……それにも増して私には、当面困った問題があった。

それというのは、今度の一件を、あのプロデューサーにどう報告したらいいかということだった。それに比べれば、あの《旧・五稜《ごりよう》ホテル》での事件など、はるかに語るにたやすいものだ。

実際、彼のみならず、他人にはいかに説明したものか、そもそも話していいものか判断がつきかねるのだった――自分の半身ともいうべきバビラリア・アモエーナが根絶やしになったあと、あてどなくさまよいつづけていたネモフィラ蝶が、数十年ぶりに日の目を見たその花に会いに訪れ、その種を手に入れて、またいずこかに去って行った、などというお伽噺を。

第4話　おじさんと欧亜連絡国際列車《ユーラシア・トレイン》

1

——その一角だけが、時に取り残されたようだった。

とても書くものが好きな放送作家氏がいて、ルポもエッセイも本当に面白く、温かくて、しかもどうにも世に阿《おもね》りようのない風変わりさを崩さない。

ジャンルが違いすぎるので仕事を共にする機会はなさそうだが、いずれ機会があれば……と思っていた。あいにくその人は、十数年暮らした東京を引き払って、故郷に拠点を置き直したので、おそらくもう会うことはないに違いない。

その人の文章で、印象に残ったものの一つに、自分は（というより、ある種の街っ子は）商店街がそばにないと生きられない——というものがあった。

閑静な住宅地、ましてや緑豊かな自然などお呼びでない。ドガチャガとにぎやかで、ひっきりなしに往来のあるせせこましい店並みが一番なのだそうで、実際その人が、地方局の仕事がみるみる縮小してゆくのに耐えかねて、上京を決意したとき、お金もないし地理にくわしくもないしで、都下の、それもえらく外れた土地に引っ越してしまった。

東京という地に格別の縁がなければ、都内と都下の区別さえつかないものだ。ほかの地方では県内と県下、府内と府下に意味の差はないのだから。

とにかく、その人は引っ越してみてびっくりした。まわりに家がろくにない。夜になると灯《あか》りが絶えるばかりか、子供のときから慣れ親しんだ生活音が何一つしない。おかげで家庭にまで変調が生じ、つらつらと考えて気づいたのは、子供のときも大人になってからも、自分は常に商店街のある場所で成長し、それなくしては窒息《ちっそく》してしまうのだと。

その後、その人は中央線沿線に引っ越したというから、さぞかし行けども尽きせぬ商店街を堪能《たんのう》したことだろう。その気持ちは何となくわかる気がする。

（だったら、ここはどうだろう。もうすでに訪れたことがあるかもしれないが……）

私は、やけに持ち重りのする荷物を提《さ》げ直しながら、目の前にまっすぐ延びた通りを見通した。

ひっきりなしに人が往来し、老舗《しにせ》と新店が肩を並べ、にぎわっているというわけではない。といって、軒並み赤錆《さ》びたシャッターに閉ざされていたり、歯抜けのように廃業したあとにふつうの住宅が入りこんだりもしていない。

何というか、ついうっかりタイムスリップでもしてしまった感じなのだ。

おもちゃ屋、時計屋、写真店、瀬戸物商、呉服屋……一見何の変哲もないようで、いつのまにか近所から姿を消したような業種が軒を連ね、昔ながらの店構えに最新ならざる品をそろえて、静かに客を待っている。

どこか書き割りめいた風景の中を歩いていると、いつのまにか古い映画の中に吸いこまれたような錯覚を起こす。しかもこちらは、えらく時代がかったトランクを提げて、ときているからなおさらだ。

――それは、空はドンヨリと曇り、妙に熱気のこもった午後のこと。通りの建物はいちだんとくすんだ色に見え、わけもなくゾワゾワと落ち着かない気がしてならなかった。

割れたら替えはあるのか心配になってくる、丸みを帯びたショーウィンドー、木枠にペンキを塗ったガラス戸、重ね塗りしたペンキが剝《は》げ落ちて新旧の文字が混じり合い、何の店かわからなくなってしまった看板――。

それらを行き過ぎてゆくうち、いよいよ気分は往年の名画の登場人物となった。あいにく主演ではなく、ただの通行人役の仕出しかもしれないが……。

いつしか私は歩調も、表情もそれまでとは変えていた。役の軽重にかかわらず、つい役作りをしてしまうのが、われながらおかしかったが、これは職業柄やむを得ない。

私が演じつつあるのは、中年というには年を取り、金の有無はよくわからないが、そこそこ自由で気ままな暮らしを送っているらしい紳士。私と似ているようで明らかに違い、現に私の人生とはまるきり無縁な、数々の珍しいアイテムを詰めこんだトランクを提げている。

さて、その紳士の素性は、正体は？　と自問しかけてドキリとした。ふいにめまいのようなものさえ覚えながら、

――今、おれは〝おじさん〟になっていなかったか？

思わず、そうつぶやいていた。われに返る寸前、何かが見え、感じられたような気がしたのは、幻覚のようで幻覚ではない。

人にもよろうが、俳優というものは〝役が降りてきた〟ときに、それまでわからなか

ったものが見えてきて、自分が演じようとする人物のことが、すんなりと腑《ふ》に落ちることがある。

私はひそかに〝役降ろし〟と呼んでいるのだが、確かにそんな瞬間があった。思い出の中にいて、しかし何者だったのかよくわからない〝おじさん〟と自分が重なった気がしたのだ。

ということは、私は彼のことを何もかも知っているはずであり、現に何やら立て続けに脳裏《のうり》にひらめくものがあった。

だが……気がつけば、私はやっぱり私で、おじさんではなかった。見えたと思ったものはきれいさっぱりと消え、目の前の街並みは、古風に見えても現代のそれでしかなかった。

とんだぬか喜びだったな——そう内心苦笑しながら、なおも歩を進めかけてあわてて立ち止まった。

今日、わざわざ荷物を提げて、この街にやってきた目的をあやうく忘れるところだった。

きびすを返すと三、四歩後戻り。表の道端にまで風変わりなガラクタ……あ、いや骨董品をはみ出させたアンティークショップの入り口前に立った。

鼻眼鏡《パンスネ》をかけた目玉を大きく描いた看板を、ヒョイとくぐりながら、

「よう、いるかい、眼球堂《がんきゅうどう》主人」

開けっ放しの入り口から声をかけると、奥の暗がりでのっそりと動く気配があった。

その男は、私よりはるかに若いくせに、いつの時代かというような珍奇なファッションを好み、しかも言うことが時代離れしているので、ときどきどっちが年上だかわからなくなる。

彼とは、ある公演の美術スタッフとして出会った。その当時は内装や空間デザイナーの仕事をしていて、ひょんなことで舞台の方も手伝うことになったらしい。

どこか茫洋《ぼうよう》とした風味のある青年――とはもう言いにくかったが、まぁ私に比べれば――だったが、その手腕は大したものだった。

たとえば演出家や舞台監督から、小道具や衣装、装置について難しい注文が出ると、その場では曖昧模糊《あいまいもこ》とした返答しかしないのだが、翌日にはドンピシャなものを持ってくる。

舞台の上につくりたい世界が、昭和三十年代のサラリーマン家庭のお茶の間であろうと、ヴィクトリア朝時代の変人科学者の実験室であろうと、それらしく作り上げてしまう。そのセンスと行動力を買って、彼を推薦することも多かったし、役作りのため個人的に相談に乗ってもらうこともあった。

たとえば、私がある独立系映画で田舎医者に扮《ふん》したとき、彼に往診カバンを用意してもらった。それというのが、何とも味のある革製で、ガマグチ式になった開口部をカパッと開くと、中にはいかにも役柄にふさわしい用具が収められていた。

耳に挿す部分と胸に当てる部分が象牙でできている聴診器、注射器や脱脂綿を入れる銀色のケース、水銀式の血圧計、それにベルトで頭につける穴開きの丸い鏡（額帯鏡《がくたいきょう》というそうだ）、あとは大小の薬瓶《びん》、などなど……。

当然ながら、多少時代こそついていたが、どれもピカピカで、骨董品というより現役の医療具という感じがした。あとで聞けば、この手のカバンは、中で薬品がこぼれたりすることが多いので、金属器は錆びてしまっている場合が多いという。

劇中でそれらを出して使う場面はほとんどなかったものの、手にズシリと来る重みからして本物だったことが、どれだけ医者の演技に役立ったかしれない。

その彼がいつのまにか店を開いた。しかも美術品から生活雑器まで何でも来いのアンティークショップだという。それらを商売として商いつつ、そのうちのあるものは演劇や映画用に提供しようというのだ。

趣味と実益とはこのことで、彼のかかわる芝居はますます彩《いろど》り豊かなものとなったが、そのかわり現場で見かけることは少なくなった。店があるから当然だが、それでも公演パンフレットに彼の名を見つけて、なるほどと納得することはしばしばだった。

そんな彼であれば――と思い当たったのは、むしろ当然すぎる話だった。

ひょんなことから手に入った、おじさんのトランク。その中身をめぐって、すでにいくつかの体験を重ねたが、早くも迷路に踏みこんでしまった感じで、いっこう何も見えてくるものがない。

だとしたら、誰かに第三者の目で〝鑑定〟してもらうのがよさそうだが、となれば彼ほどの適任者はいないことは最初からわかっていた。そこで、こうして彼の店を訪れたのだが――まさか、何やら魔窟《まくつ》めいたその内部に足を踏み入れる前に、まずここの商店街の古びたたたずまいに幻惑されるとは思わなかったのだった。

ついでながら、彼の店はもとはメガネ店。なので《△△眼鏡堂》と店名が掲げられていたのを一部再利用し、そこへどこかで見つけた、妙にグロテスクな眼科の看板を加えたりして《アンティークショップ・眼球堂》を名乗ったから、たわむれに眼球堂主人と呼びかけたわけだ。

2

「ほう、これは……」

丸い眼鏡レンズの奥で、もともと切れ長の目がいっそうキューッと細まった。それ自体なかなかの名品と見えるテーブルの上で、おじさんのトランクを開いてまもなくのことだった。

どうだい、と背後から声をかけたが、まるで反応がない。目はトランクの中に注いだまま、ポケットから取り出した手袋をはめると、意外なほど繊細な手つきで中身を調べ始めた。

「ふむ、ふむ……なるほど……へぇ、こりゃあ……」

ブツブツとつぶやきながらも手は休めない。私なら、一度中の品物を取り出して広げてしまったら、もう何をどこに、どうもどしていいやらわからなくなってしまうところ、彼はそんな不手際とは無縁のようだった。

私が触れたせいでバラけてしまったり、乱雑な入れ方になってしまっていたりしたのを、あざやかに並べ替え、まとめなおし、それぞれを本来あるべき場所に戻してしまった。

その間、細かくメモを取ったり、やおら奥の本棚から分厚い目録を取り出してめくり始めたりして、私のことなど忘れてしまったようだった。

「どんなもんだい。おい……何かわかったか?」

側から声をかけても、まるで聞こえないようすだ。

これには困ってしまったが、とりあえず気のすむまで調べてもらうほかない。彼のことだから、まさかトランクの中から貴重品を盗み取ったりもすまい。そこで私は、彼の背中に向かって、

「じゃ、おれはちょっと、外をブラついてくるから、何か見つかったら、あとで教えてくれ」

そう言いおいて、ほの暗い店内を後にした。外は相変わらずドンヨリした灰色の空の下で、この商店街の丸ごとが、彼の店の商品の延長のような気がした。

たしかこの近辺に、ちょっと小洒落《こじゃれ》て、ちょっと小汚い喫茶店があったはずだが——とあたりを見回したときだった。

「おい、ちょっと!」

アンティークショップの中から怒鳴り声がして、私はビクッとその場に立ちすくんだ。

最初、誰の叫びかわからなかったのは、そもそもあの眼球堂主人が声を荒らげたのを聞

いたためしがないからだ。

（何だ、今のは？）

と瞬間、首をひねったが、叫んでいるのが彼なら、呼びかけられたのは私に決まっている。いったい何ごとかときびすを返し、店の奥へともどった。

するとそこでは、眼球堂主人が、いつもは無表情といってもいいほど落ち着き払った顔面を赧《あから》め、仁王立ちになっていた。さっきとのあまりの変わりように、あっけにとられた私に、

「何だ、これは？　何でまたこんなものを、うちへ持ちこんだ」

これまで聞いたことのない口調をたたきつけると、ある一点を指さした。

その先にあったのは例のトランクだったが、そこにはちょっとした異変が起きていた。内装の一部、トランクの厚みのうちだと思われていた部分がパックリ開き、うつろになっていたのだ。

さらに見ると、クリーム色というか黄色がかった紙片らしきものが引っかかっている。どうやら、そこに何かが詰めこまれていた痕跡らしかった。

これには、私も驚くというよりとまどったが、とっさにはどう答えていいものかわか

らない。そこでその紙片をつまみ取りながら、

「へえ、ここがこんなになっているなんて、今まで気づかなかったよ。さすがは商売だ、よく見つけたね」

なだめるつもりもあって、わざと茶化した調子で言った。すると、眼球堂主人はなおも興奮冷めやらぬようすながら、やや声を低めて、

「いわゆる隠しポケットというやつだよ。非常用の金品や貴重品を人知れず収納するための……珍しくはあるが、絶無というほどじゃない。旅というものは、そもそも危険なもんだからね。――あんた、ほんとにここにこんなものが入ってたなんて知らなかったんだな？」

「こんなものって、何の話だい。そこに何が入ってたっていうんだね」

相変わらず彼の話がのみこめないまま、私はなんだか間の抜けた尋ね方をした。

それを聞いて、彼はやや安堵したように、

「……これですよ」

短く言った。言葉つきはいつものものにもどっていたが、ただごとでない気配に変わりはなかった。

そのあと彼は、トランクの陰になって見えなかった卓上から、何か細長いものをつかみだし、私の側にコトリと置いた。それが、その〝隠しポケット〟の中身ということらしかった。

何枚もの小さな紙片にくるまれたその形を見るなり、私はひどく不吉なものを感じずにはいられなかった。もう一つ、その紙片が隠しポケットに引っかかっているのと同じものであることにも。

「これは持ち主のあんたに立ち会ってもらわないといけないと思って、呼び返したんですが……いいですか、これはもう取っちゃいますよ」

言いながら、包み紙がわりの小さな紙片――何やら細かな英文字が刷りこまれていた――を次々と剝がし始めると、ほどなく中から驚くべきものが現われた。包み紙越しの不吉なシルエットから想像していた姿を、それははるかに超えていた。

なるほど、これなら……と思わないわけにはいかなかった。

確かにそれは、たいがいの珍品稀物《ちんぴんきぶつ》に慣れた眼球堂主人を驚かせ、狼狽《ろうばい》させるに十分な代物だった。そして当然、私自身をも。

――それは刃渡り二十センチほどの諸刃の剣で、短い鍔《つば》が十字架の横棒のように突き出していた。柄《え》の部分には細かな彫りが施されており、中央部あたりに丸くはめこまれている装飾は何かの紋章のように見えた。

様式化された炎の輪に取り巻かれ、大きく翼を広げた、これは鳥だろうか……だが、そんなものに見とれるより先に、確かめておくべきことがあった。

「これは――ナイフか？」

のどに何か詰まったような声で問いかけた私に、

「まあ、そのお仲間と言えなくはないが、そう言っちゃ艶消しというもんです。こいつは短剣――いわゆるダガーと呼ばれる種類のものだよ」

「短剣《ダガー》……」

おうむがえしに答えながら、私の中に、あるロマンティックな映像が浮かんだ。

〝外套と短剣《クローク・アンド・ダガー》〟――それは、遠い昔のスパイ活劇の代名詞。

この連想は、あながちまちがいでもなかったのだが、それはまたあとの話。眼球堂主人は、私のふとした空想に冷や水でも浴びせるかのように、

「この紙切れをよく見てみろ。赤黒いシミみたいなものがあちこちについているでしょうが」

言われてみるとその通りで、何か細かく欧文文字が印刷された上に、何かをなすりつけたような黒い模様が描かれていた。

それを見るなり、私はハッとして、

「こ、これはまさか……？」

「そうだ」

眼球堂主人は、ひどく重々しい表情でうなずいてみせた。

「血ですよ、これはまぎれもなく血……人間のものか動物のものかはわかりませんがね。それに――」

ヒョイッと柄をつまむと、顔が映りそうなほどピカピカした刀身《とうしん》ならぬ剣身《けんしん》を指さしてみせた。

「ここと、それにここを見てください。何かこびりついてるせいで、そこだけ曇ってるでしょう。こちらの紙のシミとくっついてた部分です」

「と、いうことは？」

私は、彼のこれまで見たことのない剣幕に、気圧されながら問い返した。

「言うまでもない、あの血は、もともとこの剣についていたということですよ。こんな物騒このうえない上に、誰かを傷つけ、もしかしたら殺したかもしれない短剣をうちに持ちこむとは、どういうつもりなんです？」

「それが、ほんとに知らないんだ」

早口で詰め寄られた私は、わけのわからないまま弁明に努めるほかなかった。

「このトランクにそんな隠しポケットがあるなんて、たった今まで知らなかったし、まさかそんなナイフがそこに入ってたなんて……」

「ナイフじゃなくてダガーですよ」

眼球堂主人はマニアらしくわざわざ訂正すると、さらに冷静さを取りもどして、

「まあ、あんたが知らなかったというのは、確かにそうかもしれない。それにこの血の跡は相当に古いものだし……いったいこれは、どういう品物なんです？」

訊かれて私は、このトランクの由来を簡単に物語った。ただし私とおじさんの関係については、自分でも説明に窮《きゅう》するぐらいなので、「親戚の遺品として譲り受けたもの」と説明するにとどめておいた。

「……よくわからんが、あんたにもよくわかっていないことだけはわかりましたよ」

彼は不得要領なようすながら、うなずいてみせた。

「とにかく、このトランクの持ち主がただものでないことは確かなようです。直接手を下したのか、そうでないかかわりかたをしたのかは知りようもないが……」

彼は赤の他人だから、そう言ってすませたが、私は当初の驚きと意外さが、みるみる不安と疑惑に姿を変えてゆくのを止められなかった。

それは、端的《たんてき》にいって次のような疑問だった。

――あなたのトランクから、こんなものが見つかったというのは、いったいどういうことですか。

そして、私はさらにこう問いかけたかった。

――おじさん、あなたはひょっとして、この短剣で誰かを傷つけ、もしかしたら殺してしまったのではありませんか？

ふと気づくと、私はおのが手を強く握りしめていた。右の手のひらに違和感を覚えて開いてみると、そこにはあの紙片があった。

さっきつまみ取ったものが、そのままになっていた。これもおじさんの遺《のこ》したものの一つかと思えば、捨てるわけにもいかず、せっかく時を経て生きのびたものをいっそうクシャクシャにしたのが申し訳なくて、そっと開いてみた。

Europe-Asia Trans-Siberian Through Traffic

Berlin —— Tokyo

via

Warszawa

Tilsit ——— Harbin ——— Tsuruga

Riga

1 Class

そこには、こんな文字が読み取れた——ひときわはっきりした赤黒いしぶきの跡とともに。

3

——結局その日、私はおじさんのトランクを提げて、すごすごとその商店街をあとにした。

隠しポケットに収まって、それまで存在さえ知らなかったとはいえ、血らしきもののついた刃物とそれをくるんだ紙片なんてものを預けておいては迷惑がかかる。こうした刃物は、銃刀法上はどんなあつかいになるのか知らないが……。

実際、眼球堂主人は、そのことにホッとしたようすだった。そのかわり、その他の品物については、その場でできる限り目を通しリストを作り、くまなくデジタルカメラで撮影して、わかったかぎりのことを教えてくれることになった。

そう言うと、何だか解明が進展を見たかのようだが、考えてみると大した変化はない。隠しポケットの中のダガーという新たな謎が転がり出て、しかもそれについては見当もつかず、かえって混迷を深めただけのことだ。

いや……一つだけ手がかりはあった。短剣をくるみ、血らしきものを吸い取った紙片のことだ。

広げてみると、それは縦十二センチ、横八センチほどの上質そうな紙で、そのためかひどく乱暴にあつかわれたにもかかわらず、しわをのばせば原形を保ったものが多かった。

多かった、というのは、ほかの紙片も同じ形、同じサイズのものだったからだ。どうやら、もともと一綴《つづ》りのものだったらしい。

もっとも、あのアンティークショップにいたときには、そこまでは気づかなかった。

ただ眼球堂主人が、私の手の中をちらりと見て、

「それ、列車の切符じゃないかな」

「切符、これが？　とてもそうは見えないけど……」

とまどった私に、彼は続けた。

「いくつもの路線にまたがり、次々と国境を越えてゆく長距離列車の乗車券はそんなものですよ。たとえば、戦前の『欧亜連絡国際列車』とかね」

「欧亜連絡、国際列車――」

その耳慣れない、けれどどこか浪漫《ろまん》的な名前は私の耳奥に印象づけられた。そしてそれは、この時の止まったような商店街を立ち去ったあとも、遠くかすかに谺《こだま》し続けたのだった。

欧亜連絡国際列車《ユーラシア・トレイン》――。

帰宅してから調べてみると、いかにもそれはロマンティックで、しかも途方もないスケールを持つ存在だった。

明治四十五年（一九一二）、日本から船便とシベリア鉄道などを経由してヨーロッパの各都市につながる「欧亜連絡」ルートが誕生、〝東京発パリ行き〟などの切符が購入できるようになった。明治末から、日本とロシアの鉄道を乗り継ぐ路線はあったが、それが一気に発展した形だった。

その後、第一次世界大戦やロシア革命などによる中断をはさんで、昭和二年に国際列車が復活。「シベリア経由　一枚ノ切符デヨーロッパへ　日数約十四日」などと大々的な宣伝が行なわれた。

サラリーマンの月給何か月分かが吹っ飛ぶお値段だったが、船なら五十日はかかることからすると、素晴らしいスピードアップだった。

そのルートはおおむね三つに分かれていた。福井県の敦賀《つるが》港から船でウラジオストクに渡るか、下関《しものせき》から釜山《プサン》に渡るか、同じく大連《だいれん》に渡るか。そのあと、ハルビン―満洲《マンチユー》里《リ》などを経てシベリア鉄道に乗り継ぎ、モスクワからベルリン、さらにはパリに至るというわけだ。

「一枚ノ切符デ」というのは、いささか誇大広告で、実際にパリまで行こうとすれば列車や連絡船の乗り継ぎが最低でも八回は必要だった。そのため欧亜連絡国際列車の乗車券は小さな冊子型になっており、そのなれの果てが、あのダガーをくるんだ紙片ということらしかった。

だが、そんなものが、どうしておじさんのトランクから、しかも血染めの状態で発見されたのか。かつてのおじさんが青年貿易商で、海外渡航の経験もあることはすでにわかっているが、ユーラシア大陸を股にかけるような大旅行までしたというのだろうか。

冊子はバラバラになっており、英語だけでなくドイツ語やロシア語らしき文字が刷りこまれていて、どれがどれやら見当がつかなかった。

だが、整理するうちに乗り継ぐ鉄道ごとに一枚の切符が割り振られ、それぞれの表面には出発地の言葉で、裏には英語で説明があることがわかってきた。最初に目についたのは、冊子の表紙に当たる部分らしい。

どの切符にも上段にBerlin《ベルリン》—Tokyo《トーキョー》（もしくはTokio）、あるいはБерлин—Токиоと出発地と目的地が書かれ、それにワルシャワやリガ、ハルビンといった経由駅が添えられている。

下段に示されているのが、その切符ごとの乗車区間だ。Coupon《クーポン》とかFahrschein《ファールシャイン》とかкупон《クポン》などの単語に添えて数字が記してあることから、これが切符の通し番号とわかった。

それに従って紙片を並べ替えてみると——。

まず切符の一枚目がベルリン駅からポーランドとの国境までの切符で、ズボンシン（ドイツ名ノイ・ベンチェン）とホイニツェの二駅が挙げられている。

二枚目が、ズボンシンからつながるポーランド国内の通過コース。もしくはホイニツェからトチェフを経て、当時はドイツの飛び地領だった東プロイセンを回るバルト海沿いのコース。

三枚目がポーランドの首都ワルシャワまで。バルト海沿いコースはマリエンブルクからケーニヒスベルクを経由してティルジットへ。

四枚目がポーランド北東部のビャウィストクまで。一方、バルト海沿いコースの列車は、リトアニアの当時の首都カウナスを経由し、隣国ラトビア方面に向かう。だからポーランド語の Kupon と併記されている Kuponas はリトアニア語らしい。

五枚目が、現在はベラルーシにあるが、当時はソ連との国境駅だったストウプツィまで。一方、バルト海沿いコースはラトビアの首都リガを経由して国境のインドラ駅へ向かう。その関係でか、ここではラトビア語らしき Kupons が併記されている。

六枚目、二つのコースはモスクワで合流する（実際にはその手前のスモレンスクでのようだが）。

ここからアジアへの道はシベリア鉄道で一直線、のはずなのだが……切符はこれでおしまいだった。いくら捜しても見つからないのだった。

本来ならば、七枚目としてモスクワからオムスク、イルクーツク、チタなどを経て中露国境の満洲里への乗車券がなくてはならない。

そして八枚目以降には、満洲里からハルビン、さらに満洲国の首都・新京《しんきょう》（現・長《ちょう》春《しゅん》）を経てウラジオストクまで。さらにはウラジオストクから敦賀港までの連絡船の切符もまた、ふくまれている必要がある。

そして最後の切符は、敦賀から米原《まいばら》を経由して最終目的地の東京へ――。

先に記したように、ヨーロッパへの鉄路と日本本土を結ぶルートは複数あるが、表紙に経由地としてTsuruga《ツルガ》と明記してある以上、このルートしかありえない。だが、旅の後半部分が欠落している以上、何とも言えないのも事実だった。

ともあれダガーを包み、何ものかの血に彩られた欧亜連絡国際列車の切符六枚の内容は、ざっとこんなものだった。

とにかく聞いたこともなく、調べようもない地名だらけで往生した。ことにヨーロッパでは、いろんな国のいろんな都市に立ち寄れるよう考慮してあるのが、いっそう頭を混乱させてくれた。

だが、それよりも不可解なのは、これら一連の切符にまつわる謎だ。

まず、おじさんが日本からヨーロッパへ――たとえばベルリンに行ったとしよう。そのときの切符が残っていてもいいはずだが、それは全く見当たらない。

使用後回収されたのかもしれないが、今回見つかったものから察すると、乗車時にスタンプやパンチを入れるだけで本体は返してくれるらしい。

それはどこかに紛失したのか。旅の思い出など捨ててしまったのかもしれないとして、帰路はどうしたのか。ベルリンからの乗車・乗船券を買い、それが血のついたダガーをくるんでいたものだとすると、おじさんはどうやって帰ってきたのか。

六枚目のモスクワまでの切符は確かに存在し、使用した形跡もあるが、以降のシベリア鉄道から満鉄、日本の連絡船や鉄道のそれらがないのはどういうことか。単にそこだけ捨てたのか、それとも帰国しなかったとでもいうのか。

当時のソ連領内のどこかで失踪し、忽然とまた日本に現われたのか。それはそれでゾッとさせるものがあったが、とにかくこれほど意味不明で、しかも不安をかきたてるものが出現しようなどとは予測しなかった。

たとえ切符の由来がわかったとしても、血と短剣の謎は残る。とにかく誰かの体が損なわれ、ことによったら命が奪われたかもしれないことは確実なのだ。

切符を仔細に見ていて気づいたことだが、それらに付着した赤黒い痕跡の中には、単に血の付着した刃物をくるんだだけとは思えないものがあった。あからさまに流血や血しぶきを浴びたとしか解釈できないのだ。

先方にも迷惑だったようだし、あんなアンティークショップに持ちこまねばよかったのかもしれないな——とも考えたが、そんな後悔はしてもしかたがない。今は思いがけず掘り出されてしまった過去の遺物に向き合うほかない。

（とにかく、このダガーをしまわなくっちゃ）

そう考えて、ほかに保管場所も思いつかないので、短剣を手に取るとトランクの隠しポケットにもどすことにした。

そこで奇妙なことに気づいた。隠しポケットには窪《くぼ》みのようなものが作ってあって、そこにダガーをはめこむ形で収納してあった。なのに妙に座りが悪いというか、うまく収まってくれないのだ。

変だな、と何度か試してみて気づいた。窪みと短剣の形はもともと合っておらず、ただ例の切符が詰め物の役割を果たしていたということに。

はてな？　と私は、古典的なあごに指をあてがうポーズを取らずにはいられなかった。

あのとき眼球堂主人と少し話したのだが、この隠しポケットは長途の旅での、いざという際の護身のために作られたもの、おそらく持ち主の特別注文だろうとのことだった。

ということは、そこに作られた窪みは、収められるべき武器に合わせてつけられたはずではないか。なのにこのダガーとぴったり合わないとすれば……。

（つまり、これはもともとおじさんの持ち物ではなかった？）

だとしたら、いったい誰のものなのか。あの血の跡は、おじさん以外の誰かのしわざなのか。詰め物にされた切符もまた他人のものなのか――？

それはそれで、いくぶん安堵させてくれる想像だったが、だからといって最終的な解決にはなりえなかった。

なぜ、おじさんが誰かの血のついた、誰かの短剣と誰かの欧亜連絡国際列車の切符を大事に保存していたのかが、いまだにわからないからだ。加えて、もともとあったかもしれない別の短剣の行方《ゆくえ》もまた……。

結局、深まっただけの混迷を前に私がため息をつき、トランクの蓋《ふた》を閉じようとしたときだった。

こちらの虚を突くようにかかってきた電話が、私をひどく狼狽させた。

あわてて出はしたものの、受話器が手から滑り落ちそうになったのを取り直しながら、

「もしもし……ああ、君か」

相手は眼球堂主人だった。

「ああ、どうも……例のダガーとそれをくるんであった欧亜連絡の切符だが、これがどうにもわけがわからなくって……えっ、何だって？」

私は思わず聞き返さずにはいられなかった。

「例のダガーの柄についていた紋章……ああ、君が写真に撮っていたっけね、そういえば。それが誰のものかわかった？　ほう、それは大したもんだ。ん……しかも、どうしたって？　もういっぺん言ってくれるかい、もしもし、もしもしっ！」

4

——予想外の展開だった。これほどあっさりと、あのダガーの紋章の正体が判明し、しかもそれにつながる人の所在まで明らかになるとは……。

だが、それ以上に予想外だったのは、その人の住まいがあまりにふつうであることだった。

かつての名門貴族。ことに第一次世界大戦後は、機械ならびに化学工業を支配した同族コンツェルンの一員が、その後半生を日本で過ごし、しかもその子孫が今も健在でいる――まさかお城に住んでいるとは思わなかったが、瀟洒《しょうしゃ》ではあっても、これといって奇のない住宅だというのは、いささか拍子抜けだった。

表札に書かれている名前も、ごくありふれたもの。それはそうで、久しい前に日本人と結婚し家庭を営んで、すでに何代かを重ねたとあっては当然だった。

あらかじめ何度か手紙を送り、それなりに信頼関係を築いてからの訪問ではあったが、緊張しないわけにはいかなかった。何十年も前のご先祖様の話とはいえ、その中心にあるのが血染めの切符とダガーとあっては、どう話がこじれるか知れたものではなかった。

ドアホンのボタンを押し、名前と来意を告げる。ほどなく玄関扉が開いて、若い女性が姿を現わした。

色白で、夢見るような大きな瞳が印象的な、若い女性だった。ややバタ臭さを感じさせないではない風貌ながら、やはり日本人以外の何ものでもなかった。

ただ、そのつややかな唇からこぼれ出た言葉だけが、遠い昔のドラマを思い起こさせるものとなっていた。

「はじめまして……私がエーファ・クルーガーのひ孫にあたるものです。どうぞこちらへ」

――エーファ・クルーガー。その鉤《かぎ》十字の闊歩と軌を一にした繁栄とともに、ドイツ敗戦時の悲惨な凋落《ちょうらく》で知られるクルーガー家の娘である。

むろんもう故人とのことだが、もし眼球堂主人がかけてきた電話の内容と、そこからつながった情報がことごとくまちがっており、めぐりあいの神様みたいなものがいるとして、その神様に意地悪をされたのでなければ、この人こそが、わが〝おじさん〟――鍛治町清輝《かじまちきよてる》と、欧亜鉄路のどこかで人生をクロスさせた相手にほかならないのだった。


ほどなく通された応接間は、簡素ながら趣味の良い空間だったが、やはりありふれた中産階級のそれであって、何一つ歴史やエキゾチシズムを感じさせるものはない。

エーファも、その日本人の夫も亡くなって久しく、その子らもすでにこの世にはいない。今は孫夫婦とひ孫の彼女だけで、その両親も今日は不在だという。

「すみません。急な用事で……何でしたら日を変えていただいてもよかったんですけれど、『どうせ私たちもおばあちゃんのことはあまり覚えてないんだし、お役に立てるかどうか。いっそ、あなたが教えていただいたことを伝えてちょうだい』なんて言われちやって」

彼女は申し訳なさそうに言ったが、私も次にはいつ来られるかわからず、そういうことならしかたがなかった。それに、一家で一番若く、一番エーファのことを知らないこの女性が、最も彼女に強い関心と興味を抱いていることは、事前のやり取りでもわかっていた。

それを踏まえて見回せば、何となく納得がゆく。ここの家の人々にとっては単に愛すべき老婦人であったろうドイツ人女性の波乱の生涯を連想させるものは、まるきり皆無といってよかった。

いや……一つだけあった。

応接間の壁にかかった額縁の中の刺繍《ししゅう》だ。赤と黄、オレンジの糸であざやかに縫い取られた炎と、自分を包むそれらから大きく羽ばたき飛び出ようとする鳥――フェニックスだ。そして、それはあのダガーの柄にはめこまれていた紋章と全く同じ図柄なのだった。

目を凝《こ》らすと、刺繍の片隅に小さく記された〝EVA《エーファ》〟の文字。私は小さく息をのみ、そしてここまで足を運んだ自分がまちがっていなかったことに、ようやく確信が持てたのだった。

（やはり、そうだ。エーファ・クルーガー――彼女こそ、おじさんのトランクの、あのダガーと切符の持ち主だ。そしておれは、今その人のひ孫と話をしているのだ。おじさんが何十年も前に預かった品物を、彼に代わって返すために……）

そう考えた私は、自己紹介を兼ねてよもやまの話をし、やがてエーファ・クルーガーのことを俎上《そじょう》にのせた。すると、ひ孫の彼女の語りだしたことには、

「曽祖母《そうそぼ》のエーファは……私もむろん会ったことはないのですが、ドイツの名家で、しかも大富豪の家に生まれたうえに大変な美人だったそうで、ウーファでしたか、向こうの映画会社から女優としてスカウトされたこともあったそうです。でも、当人がなりたかったのは脚本家や美術家、できることなら映画監督だったというのですが、抬頭《たいとう》するナチスが見せかけの失業率を下げるために女性を職場から追い出し、家庭に閉じこめようとする時代の空気の中で、思うに任せなかったといいます。

そんな彼女は、実家の男たちがヒトラーたちと緊密な関係を結び、彼らの考えに染まってゆくのに強い反発を抱くようになってゆきます。とりわけ彼女が憤《いきどお》ったのは、あの有名なポスター『遺伝性疾患を持つこの患者は、生涯にわたり国家に六万ライヒスマ

ルクの負担をかける。これは諸君らドイツ市民が払う金なのだ』に代表される、弱者抹殺の考え方でした。

金持ち娘の左翼道楽と陰口をたたく声もありましたが、彼女はそうした潮流に逆らう運動に身を投じてゆきます。しかし、それはついに実家の人々のとがめるところとなり、彼女はクルーガー家から放逐《ほうちく》され、全ての権利を奪われました。

エーファに残されたのは、ていのいい手切れ金と、家宝ともいえる一挺《ちょう》のダガーだけでした。それは母方から伝えられたもので、ドイツ語で言うPhonix《フエーニクス》――不死鳥の紋章がはめこまれていたといいます……」

やはり、そうだったのか……とひどく腑に落ち、心中ひそかに叫んだ私をよそに、彼女はスッと立ち上がった。やがて古びた一冊のアルバムを持ってくると、

「これが、曽祖母のエーファです。ドイツ時代のものはこれしか残っていないそうで……」

そう言いながら開いてみせたページには、息をのむような美女のポートレートが貼り付けられていた。

セピアに色あせた画面の中で、どこかキリッとして厳しい微笑みを見せるのは、おそ

らくは一九三〇年代も終盤のマニッシュなファッションに身を包んだ女性だった。

「いろいろ世界各地を経めぐったあと、最終的に日本に落ち着いた曽祖母は、やがて一人の日本人医師とめぐりあい、結婚しました。そしてついに祖国には帰ることのないまま、曽祖父の営んでいた小さな病院を切り盛りするかたわら、近所の人々に絵や音楽を教えたりして、静かに生涯を閉じたそうです」

彼女の話を聞きながら、その写真を見つめていた私は、ふと眩暈《めまい》のようなものを覚えた。年がいもなく、こんな遠方まで足を運び、広大な住宅地をえっちらおっちら迷いながら歩いたせいだろうか。

「――どうかなさいましたか？」

気づくと、写真の中のエーファとほぼ同じサイズ、よく似たポーズで彼女のひ孫が私の顔をのぞきこんでいた。

「いえ、何でも……。それで、エーファさん――ひいおばあ様はどのようにして日本に？」

「私もよくは存じませんが……差別され、ていよく抹殺されてゆく人々のために働いた曽祖母は、結局官憲に追われる身となり、でも実家のクルーガー家からは何の援助も受けられないまま、国を出なければならなくなりました。そのとき、せめてもの餞別《せんべつ》として渡されたのが、遠く極東行きの国際列車の切符だったそうです」

私はそうと聞くやハッとしたが、とっさに言葉が出なかった。——彼女はそのまま言葉を続けて、

「何でも、そのとき曽祖母はとても腹を立てたそうです。これは、できるだけ遠くへ去って、二度と帰ってきてくれるなというメッセージだと解し、それならばと旅立つ決意を固めたそうです。でも、あとから思えば、それも一種の親心で、もしそのまま国内にとどまっていたら、すぐにもナチスやその手先どもに捕まって、どうなるかわからないところまで危険は迫っていたのだと……」

「そういうことでしたか」

私はかろうじて言うと、いよいよ本題を切り出すときだと腹を決めた。

「今、おっしゃった国際列車の切符のことなんですが……ひょっとして、これがまさにその現物なのではありませんか」

私はおもむろにトランクを引き寄せ、そこから例の切符を取り出した。

そのとき、彼女が大きく息をのむ気配が感じられた。

「こ、これは……」

「はい」私は言った。「先にお話しした、お目にかけたいものというのは、これのことです」

――それを話すに当たっては、相当に注意したつもりだった。だが、やはりフェニックスの紋章をはめこんだダガーと一連の欧亜連絡切符を見せ、そこに付着した血の跡を見せるに至って、先方が露骨に引いてゆくのが感じられた。

それでも私は話し続けた。彼女の記憶にあるエーファ・クルーガー――それがたとえ両親や祖父母から聞き伝えたものに過ぎなくとも、彼女の面影を引き出してみたかった。

例によって鍛治町清輝という〝おじさん〟の説明に窮した私は、彼を遠縁の親戚ということにしておいたが、それで問題は内容だった。

短くもない話の果てに、私は彼女の顔をかいま見た。そこには血塗られたものへの嫌悪はもはやなく、全てを受け入れる穏やかな表情があった。

「……ちょっと待っていてくださいね」

彼女はふいに立ち上がると、私の返事も待たず応接室を出て行った。ややしばらくしてから、古びた紙箱を手にもどってきたかと思うと、

「これまで家族以外にもらしたことはないんですが、実は曽祖母の遺品からこんなものが見つかりまして……ごらんください」

そう言うと、間のテーブルに置いたその蓋を開いた。

──そこにあったのは、一本のナイフだった。

今度は、私が息をのむ番だった。

生まれて初めて見るにもかかわらず、決してそんな感じのしないナイフだった。

実用的であり、自然の中でのサバイバルには欠かせず、そして何より護身には欠かせないナイフ。

「──ちょっと、よろしいですか」

一言ことわっておいてから、私はそのナイフを取り上げた。とまどう彼女の視線を浴びながら、それをおじさんのトランクの隠しポケットに収めてみた。

すると、どうだろう。ナイフは、まるで互いに求め合っていた一対であるかのように、そこの窪みとぴったり合ったではないか。

「…………」

「…………」

私と彼女は言葉を失ったまま、視線を交わした。

と、彼女の顔を見つめ、いつしかそこにエーファ・クルーガーの美貌を重ねるうちに、私の中で急速に組み立てられていった物語があった。私の網膜にフィルムを直接映写しているかのように、見えてきた風景があった。

気がつくと、私は憑《つ》かれたように話し始めていた。

「鍛冶町清輝は、商用で欧亜連絡国際列車を使い、日本からベルリン、パリ……あるいはもっと先をめざした。予定ではラトビアの首都リガを通ってゆくはずが、その途中、おそらくはモスクワを過ぎたあたりで、あるアクシデントに出くわした。雪か嵐か、それとも何かの事故による臨時停車……ところがそのとき、同じ駅に停車したのが、あなたのひいおばあ様が乗った別の——上り下り逆の欧亜連絡国際列車だったのではないでしょうか。

ひいおばあ様は、このあとモスクワからシベリア鉄道に乗り継いで極東へ——ウラジオストクから敦賀港、そして東京をめざすつもりでした。もしかして、ひいおばあ様はこのころすでに、何かの大きな反体制運動にかかわっておられたのでしょうか」

「いいえ」彼女はかぶりを振った。「そこまでのことはなかったようです。ただ女性ということでは、時の権力から差別され、可能性を奪われていましたし、何より当時の世にはびこっていた不正や邪悪、明らかに狂気と殺戮《さつりく》に向かおうとしていた国家には、はっきりと抗《あらが》おうとしていました。それだけで、当時は命を狙われるに十分だったのです。官憲ばかりか、自分の身内からさえも」

「そうですか……そういうことだったんでしょうね」

私はうなずくと続けた。今や私の目の前には、異国の見知らぬ駅の物寂しい景色と、そこに吹きつける雪と嵐の狂おしい合奏が見えてきていた。

「追っ手にとって、列車の非常停車は絶好のチャンスでした。もし停車の理由が荒天で、プラットホームに人気がなかったりすればなおさらです。しかし、ひいおばあ様はむざむざやられはしなかった。いきなり襲いかかってきた刺客に、ひそかに携行していたダガー――母方から伝えられた一種の護《まも》り刀でもって応戦した……。

その結果、相手を傷つけ、場合によっては永久に沈黙させることに成功したかもしれませんが、ここで困ったのは争った際に相手の返り血が、乗車券綴りを汚してしまったことです。幸い全てではなく、七枚目以降の切符――モスクワから満洲里、ハルビン、新京からウラジオストクを経て敦賀、東京へと至る切符は無傷でしたが、最大の難関であるモスクワにおけるシベリア鉄道への乗り継ぎが不可能になってしまったのは致命的でした。このままでは旅を続けるわけにはいかないし、たとえ死体は見つからなくとも、凶器のダガーを調べられたら何もかも終わりでした。

しかし、彼女の奇禍《きか》とそれに続く不運を見ていたものが、たった一人ありました。どうしたわけか――あらかじめ情報を得るなり、車中で何か察知するところでもあったのか、鍛治町清輝は、ひいおばあ様に助力を申し出たのです。

『私の欧亜連絡切符を進呈しますから、これでこの場を逃れなさい。私は……これから向かうドイツの盟邦の国民ですから、まぁ何とかなるでしょう』

「えっ、そんなまさか……それに、そちらの切符はベルリン行き、逆戻りしてしまうではありませんか」

彼女は訊いたが、口調も表情もそれまでとは違っていて、まるで何かのきっかけで演じる役柄が変わったかのようだった。それは、ひょっとして彼女の曾祖母と同じセリフだったかもしれない。

少なくとも、そのとき私は私自身ではなくなっており、彼女もまた彼女ではなかった。私はあくまで鍛治町清輝として、目の前のエーファ・クルーガーに話しかけていた。

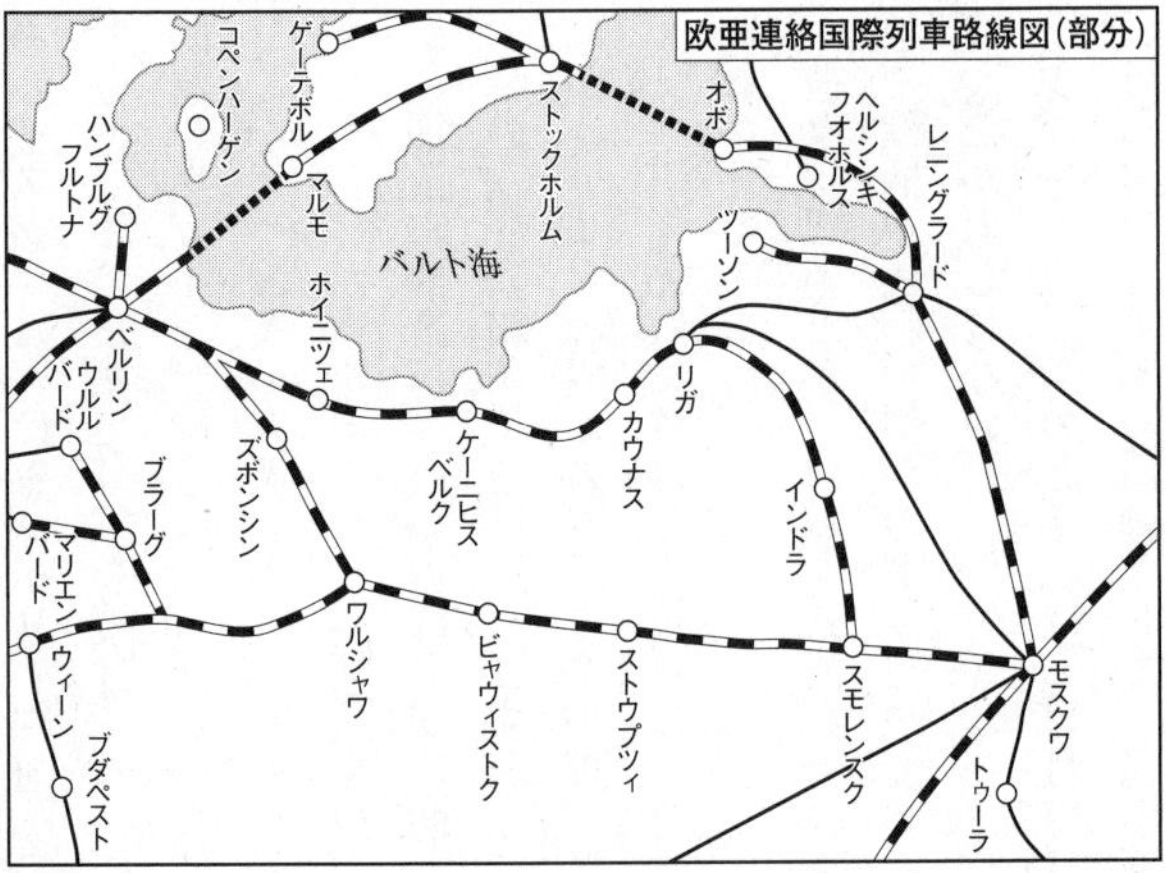

まわりの調度は薄闇に溶け消えて、見えるのは彼女だけ。たぶん先方からも同じだったろう。

「だいじょうぶです。ここからあなたは私の切符でスモレンスクに向かい、そこから中立国ラトビアの首都リガに出るのです。そしてそこから何とかシベリア鉄道に乗り継ぐ。幸い満洲里までとそれ以降の切符はそのまま使えるのだから、そのままハルビン、新京、ウラジオストクを経て敦賀港行きの船に乗ればいいんです。……おっと、それからかんじんなことを忘れちゃいけない」

「そ、それは？」

彼女——エーファが訊いた。

「そのダガーですよ。あなたにとっては大事なものかもしれないが、これが見つかっては台なしです。これは私が預かりましょう。欧亜連絡切符の血染めの部分といっしょにね。――そのかわりにこれをお持ちなさい」

「これは……？」

「そう、銘品でも何でもないが、道中のお役には立つでしょう。幸い全くの新品ですから血の一滴もついていないし、刃先の形が全然違うから、万一あなたが疑われても言い逃れは利きます。もっとも、そうならないようできるだけ遠くへ逃げるが勝ちですがね。私は……そうですね。あなたから極力遠ざかるためにワルシャワ回りでヨーロッパ入りするとしましょう」

そう言うと、私はエーファと別れた。彼女と次に会う機会はたぶんなく、あるとしてもはるか後のことだろう。だが、もしそんな時が訪れたら――

(私は、あの不死鳥《フェーニクス》の紋章付きのダガーを彼女に返そう……)

そして、今日がまさにそのときであることを、私は知ったのだった。

した。

5

——ふいに頭上の灯りが光を増し、もとの穏やかな色合いを取りもどしたような気がした。

気がつくと、私はもとの応接間にいて、エーファ・クルーガーのひ孫である彼女と対面していた。異国の駅のプラットフォームを思わせるようなものは、もはやどこにもなかった。

イマジネーションの世界は知らず、彼女とはごくふつうの会話をしていたはずだが、ひょっとしたら何か妙なことを口走ったのかもしれない。いや、もしかしたら彼女の方も……。

何となく気まずい感じで、私たちはそのあと、とりとめのない言葉を交わした。知りたかったことを知り、渡すべきものを渡し、受け取るものを受け取ってしまえば、それ以上、年も境遇もかけ離れた私たちを結びつけるものは何もなかった。

その家を辞去したあと、私は何度か鍛治町清輝になってみようと役降ろしを試みたが、うまく行くことはなかった。

私があのとき彼になりかわって見たもの——それが真実であったという保証はない。全ては私の妄想なのかもしれない。

だが、役者としての私は、それにかわるものなど考えられなかった。あのようにしてつかんだものこそが真実なのだった。

何と奇妙な体験のあとで、相変わらず〝おじさん〟の正体をつかみかねたままでいながら、私はこのうえなく心地よく愉快な気分を味わっていた。

それは、彼が私と同じ側の人間だということだった。あの狂った時代の狂った世界で、私もまたきっと味方したであろう相手を、〝おじさん〟が何の報酬もないまま命を賭《と》して守ったということが、うれしくもまた誇らしくてならないのだった……。

――これより休憩に入ります。

ロビーの喫茶コーナーでは、お飲み物と軽食でみなさまのおいでをお待ちしております。

また売店では、「おじさんのトランク」のパンフレットとともに、本公演プロデューサーの自伝エッセイを販売しておりますので、ぜひお買い求めくださいませ……。

第5話　おじさんは幻燈の中に

1

——魔法のランプの光の中に、その人の姿があった。

郵便受けを開いたとたん、中に押しこまれていた新聞やらチラシやらがドサドサとこぼれ落ちた。

もうそろそろ紙の新聞を取るのはやめた方がいいのかもしれない。近ごろはろくに目を通さずに資源ゴミの日に出してしまうことが多いし、部屋のあちこちに散らばったそれらをかき集めるだけで一仕事だ。

長期留守にするときには、販売店に配達停止を頼むのだが、それも大儀《たいぎ》だし、ほんの二、三日ならとそのまま出かけてしまうと、今のような惨状を呈《てい》することになる。やはり、ここらが潮時《しおどき》だろうか。

だが、長年の習慣というのは断《た》ちがたいものだし、私のような世代は、一人前の男は新聞を定期購読するものだという刷りこみがされている。それにニュースというものには元手がかかるものだと考えると、たとえ一軒分でも購読料が減るのは申し訳ない気がしないでもない。

私が購読をやめたせいで新聞社が経営危機に陥り、ますますフェイクニュースがはびこる世の中になってはいけないと思うのは、私が何度も新聞記者を演じたゆえの考えすぎだろうか。そういえば、記者役も昨今はあまり回ってこなくなったな。

これも以前から考えているのだが、スーパーの安売りチラシとか学習塾の案内とかお墓の分譲とか、はたまたありがたい宗教へのお誘いとかで、しばしば郵便受けを満杯にするのをやめてもらえないものだろうか。

それなら「チラシお断わり」と貼り紙でもしておけと言う人があるかもしれない。同じマンションの住民には、実際そうしている人もいるが、それではちょっと困るのだ。というのは、必要なチラシもあるからで、何とか宅配のピザとか弁当の割引券つきのは引き続き投げこんでほしいのだが……そうもいかないか。

幸い、今日はその手のが何枚かまじっていて、何となく幸せな気分になれた。だが、そのほかに、いつものとは違う配達物が、それも何通もまじっていた。郵便受けの中が、ふだんにも増して満員ラッシュアワーとなっていた原因がわかった。

それらは、新聞をつかみ取ろうとしたとき、その間からこぼれ落ちた。平凡な白い封筒が五、六通——私はそれを見たとたんハッとし、だがすぐに驚きと期待は失望に変わった。

宛て名は私ではなく、日本全国あちこちに散らばった見知らぬ人々。そして差出人は全て私自身。

というと、何のことかわからないだろうし、私も一瞬ひどく奇妙な感じに襲われた。だが、その疑問は封筒の表面に押された赤いスタンプにより、簡単にケリがつくものだった。

——「あて所に尋ねあたりません　RETURN UNKNOWN」

その、ちょっと風変わりな日本語は、数日前の私の試みが、みごとなまでに徒労に終わったことを告げていた。要は、私が出した手紙が、ことごとく宛先不明で返ってきたということだ。

私は「やっぱりか」と軽くため息をつき、とりあえず床に散らばり、あるいは郵便受けの奥に押し込められた、次の可燃ゴミもしくは資源ゴミ回収日に出されるべき紙屑《かみくず》候補たちを拾い集めた。と、そのさなか、

（――――？）

私はけげんな思いで目を細めた。大ざっぱにつかんだ紙束から、さっき見つけたのとは明らかに異質な封書がこぼれ落ちたからだ。

かなり古びてくたびれた、くすんだような黄色の封筒であった。近ごろあまり見かけなくなったハトロン紙製だ。

拾い上げてみると、表面にかすれ気味のインクで書いてあるのは、まさしく私の名前と所番地。そして裏を返せば、同じ筆跡で差出人の名が……。

この歳ではめったにないことに、心臓がギクンと高鳴った。

その場で封を切りたい気持ちを抑えながら、私は唯一の〝収穫〟を右の手のひらにそっと包むようにして持った。残りは左腕に抱え、足早にその場を立ち去ったのだった

──。

2

〝おじさん〟の調査に取りかかって、すでに何か月かが過ぎていた。

あの古なじみのプロデューサーの提案に乗り、というより自分が主役の舞台を自由に創れるという餌《えさ》に釣られて、鍛治町清輝《かじまちきよてる》という人の人生をたどり始めた。

私の行く手にはいくつもの思いがけない出会いがあり、驚きに満ちた発見が待っていた。それは私にとっては大いなる喜びであり、だが一つまた一つと事実が掘り出されるにつれ、混迷はかえって深まっていった。

だって、そうだろう──いったいどう分析し、理解しろというのだ。あるときは日米の開戦前夜に、避暑地のホテルでレジスタンスのフランス人を助け、またあるときは博物学好きの侯爵といっしょに幻の蝶を求めて南方の奥地に探検に出かけ、かと思えば、欧亜連絡国際列車《ユーラシア・トレイン》ではるかな旅に出た先で、数奇な運命を背負ったドイツ人女性の窮地を救ったりするような男のことを？

まるでスーパーヒーローだ。それも大昔の少年向け熱血冒険小説に出てくるような……。

それ自体はとても面白い。こんな人生が現実にあったのだとしたら（あったのだが）、この退屈でつまらない世界も少しはマシに見えてくるというものだ。

おじさんのトランクは、まるで宝箱。何気《なにげ》なく取り出した品物にまつわって、あんなに波瀾万丈《はらんばんじょう》なドラマが掘り起こせたのだから、手当たりしだいにトランクの中身を検分したら、どんなことになることだろう。想像するだけでワクワクしてくるではないか。

だが……それは、しょせんそれだけのことだ。〝おじさん〟こと鍛治町清輝という人間そのものは、いっこうに見えてこない。彼の冒険が華やかでスリルと驚きに満ちたものであればあるほど、その真の姿は遠ざかってゆく気がしてならないのだ。

新しいものを否定する石頭たちのお題目として、あまりにも安易に多用されたゆえに、今では笑いものになってしまった表現を借りれば、「人間が描けていない」というやつだ。

なぜ人間が描けていなければならないかというと、私は彼を演じなければならないからだ。舞台の上に、生き生きと鍛治町清輝という人間を立ち上がらせなければいけないからだ。

――あの古なじみ、というよりは腐れ縁的プロデューサーから投げられたボールを、投げ返さないわけにはいかなかった。自分が主役を務め、芝居の全てをコントロールできるチャンスを無にするほど私は無欲ではなく、いずれまたそんなチャンスがあると楽観できるほど阿呆《あほう》でもなかった。

　である以上は、フワフワとした人物解釈ですませるわけにはいかない。どうしてもわからないならわからないなりに、その空白部分のまわりをビッシリと実証と確信によって固めてしまう必要があった。

　あいにく今のままでは、世界を股《また》にかけ、自由のために命を張った快男児でしかない。大げさに言えばジェームズ・ボンドかインディアナ・ジョーンズか。和製ヒーローでたとえるなら、本郷義昭《ほんごうよしあき》が反体制側に回ったようなものか。

　別にそれでかまわないという人もいるだろう。さっきも記したように、そんな男性が実在し、せいいっぱい生き抜き、活躍したというだけでうれしくなってくるのは事実だし、それでいいではないか。何もそれを、卑小《ひしょう》な現実に引きずり降ろさなくてもいいではないか――そう考えたって不思議ではない。

私だって、そんな気持ちを否定はできない。ときには漫画チックな、薄っぺらだが痛快きわまりないヒーロー、はたまたひたすら悪事を働く敵役《ヴィラン》を見るのは楽しいものだし、役者としては自分でも演じてみたくなることがある。

けれど、それは決して私の〝おじさん〟ではありえないのだ。あってほしくないのだ。なぜといって、あの遠い日に私がその姿を見、声を聞き、今も思い出の中に鮮やかに残っている鍛治町清輝とは、どうしても重ならないからだ。

あの優しく温厚で、次から次へと面白い話をしてくれたおじさんの、知られざる一面？　人は誰しも二つの顔を持っているものだ？　三流ライターの書き飛ばしレビューなら、そんな説明ですむかもしれないが、あいにくそうはいかない。

トランクの中から現われた鍛治町清輝の軌跡《きせき》と、私の記憶の中から立ち上がってくるおじさん。そのギャップを埋めなければ、一歩も前に進めなかった。

あのおじさんが、どのようにして探検と冒険にわが身を投じるに至ったのか――いや、話は逆か、あんな体験を経てああなったのかを理解しないまま、舞台にかけるわけにはいかなかったのだ。

となれば、また別のアプローチを考えなくてはならない。

おじさんがしたこと、ではなく、おじさんそのものを知るにはどうしたらよいのか……答えは簡単、彼を知る人たちから話を聞いてみればいいのだ。取材や研究の、これは基本中の基本と言っていい。

だが、それほど簡単ではないのは、いったいどこにそんな人がいるかということだ。折に触れて、子供だった私の周囲にいた人たち――親類縁者に「あのおじさんは誰だったの？」と訊いたことがあるが、誰一人として答えてはくれなかった。

おじさんの存在そのものが記憶から抜け落ちていたり、私がいくら説明してもわかってくれなかったり、「そういえばそんな人がいたな」とまでは思い出してくれても、それ以上のことはさっぱりわからなかったりした。

私がまだ若かったころでも、そんな頼りなさだったのだから、今となればなおさらだろう。しかも、私が子供のころ大人だった人たちは続々と鬼籍《きせき》に入り、ふと懐かしく思い出した親戚が、とうの昔に亡くなっていると知って、暗然となることがしばしばだった。

では、いったい誰に訊けばいいのか。その手がかりもまた、トランクの中にあった。

それというのは――無造作に束ねられ、片隅に突っ込まれた何通もの封書やハガキだった。

レトロさ漂う絵葉書や珍奇な植物標本、ヨーロッパとアジアを結ぶ切符といったアイテムと違い、見るからに派手でもなければ、スリリングな物語性を感じさせもしない。だが、それ自体が確実に何かを語りかけてくれていた。

郵便物の宛て名は全て「鍛治町清輝様」、まぁこれは当然と言えば当然。長い期間にわたる住所の変転を反映してか、所番地はまちまちだ。

出された年代がはっきりすれば、いろいろ面白いことがわかってきそうだが、消印は不明瞭なものが多く、本文の日付も年が抜けていて、パッと見だけでは判断がつかなかった。

もちろん中身にも目を通したが、当事者同士でなければわからないような内容か、でなければ、取るに足らないような時候のあいさつのたぐいで（そこにこそ意味があるのかもしれないが）、これまた今すぐ手がかりになってくれそうになかった。

文面の吟味《ぎんみ》は、まだ当分時間のかかる話として、とりあえず私が目をつけたのは、それらの差出人欄だった。

彼らは確実に、鍛治町清輝と接触を持っている。深いにせよ浅いにせよ、何らかのかかわりがあったからには、それぞれの記憶や印象を抱いているはずだ。さっき言ったように、私の周囲には期待ができない以上、これに賭《か》けてみるほかなかった。

とはいえ、生存率ではこちらの方がはるかに心もとない。これらをおじさんに書き送った人たちが、私の親類縁者より年下であるとは、手紙の古び方からしても期待できそうになかった。

それでも、駄目でもともと、とりあえずそこに記された住所氏名に手紙を送ってみた。かりに奇跡的に存命していてくれたとしても、かなり高い割合で転居しているだろうし、地名そのものが変わってしまったケースも多いに違いない。

そうした、やる前から意気を阻喪《そそう》させるような予想にあらがって、何通もの手紙を書くのはなかなか大変だった。もともとそれほど筆まめな方ではないが、近年はめっきり手紙を書くということが稀《まれ》になった。

メールや電話に慣れてしまうと、たとえ手書きでなくても長々と文章をしたため、それをプリントアウトし、署名を添えたものを折りたたんで封筒に入れ、切手を貼ってポストに投函しに行く――という行為のハードルが、異様に高くなってくるものだ。

しかも、今回は内容が内容、目的が目的だ。

——突然お手紙を差し上げる無礼をお許しください。実は私これこれこういうもので、鍛治町清輝なる知人のことを調べていたのですが、何らの手がかりもなく途方に暮れていたところ、遺品の中からご貴殿より鍛治町に宛てた郵便物が見つかり、まことに唐突かつ異例ではございますが、ただ今ごらんのような書簡を……云々《うんぬん》かんぬん。

やっとこさひねり出した文面を、いちいち手書きしていたら、すぐさま挫折《ざせつ》していたろうし、そもそも手をつける気にならなかったろう。とにかく、面倒というよりはむなしい作業に耐えて、けっこうな量の封書を発送し終えたあとは、かなりグッタリきてしまった。

そして、それから数日後、私が送り出した封書たちは、わが家にとんぼ返りしてきた。開かれることも読まれることもなく、そもそも目的地に着くこともないままに、「あて所に尋ねあたりません　RETURN UNKNOWN」というスタンプを一様に押されて……。

(そして今のところ、たった一つの例外がこれというわけか)

私はリビングのテーブルに置いた封書を前に、心につぶやかずにはいられなかった。

それは先に記した通りハトロン紙の封筒で、ツルツルした表面に縦筋が何本も走っている。何だかヨレッとして古びているうえに、貼ってあるのも松の二十円切手にソメイヨシノの十円切手、金魚の七円切手、オシドリの五円切手などなど、ずいぶん昔の懐かしいものを貼り雑《ま》ぜにしてある。

その横に記された私の名前と住所は、単にかすれているだけでなく、あちこちにインクが固まったような跡があり、すり減ったペンで無理に書いたため先が割れたのか、二重線になっているところがあった。

まるで、これ自体、遠い過去から送られてきたかのようだが、切手の合計金額は確かに現代の定形郵便料金だし、これははっきりと読み取れた消印の年月日もつい昨日になっていた。

これはいったいどういうことか。この手紙の差出人はよほどのレトロ趣味かと首をひねったが、すぐにそのわけがわかった。

私の親世代などはそうだったが、物持ちがいいというか、たまたまお金を入れるなどしてもらった封筒などを、いつまでも取っておいて捨てない。一方、昔は手紙を書く機会が多かったから、切手の買い置きをしておくのが当たり前だった。

だが、いつしか時は移り、誰かに便りを出す必要も、そうする気力もしだいに衰えて、レターセットは引き出しの奥で眠り続ける。それが久方ぶりに、今では使われていない切手や、古びてちびた付けペン、干からびかけたインクなどなどの出番となった――。

そんな風に妄想をたくましくしてしまうのも、職業的な病かもしれない。だが、あながち見当違いでもなさそうだった。

ふだんなら無造作に封じ目を破り取るところ、そっとハサミを入れて中身を取り出す。便箋《びんせん》がかすかにセピア色っぽさを帯びていたのは、たぶんこれも何十年ぶりかのお呼びだったせいだろう。そして、その文面というのは――。

拝復　お手紙拝見致しました。亡兄に宛てて拙宅《せったく》にお手紙頂いたことに驚き、鍛治町清輝氏のことをお調べと知り猶《なお》驚きました。私は名宛人の妹でいったん他家に嫁《か》したあと夫との死別を経て旧姓に復し実家に戻ったものですが、兄にせよ鍛治町さんにせよ、その名に接するのは何十年ぶりかであることに気づかされて歳月の早さに驚き呆れた次第です……。

昨今は加齢と多病の為《ため》何かと思うに任せませんが、引退閑暇《かんか》の身ゆえ近辺までお出での節はご来宅頂ければ知る限りのことをお話しするに吝《やぶさ》かではございません……。

思いがけず好意的な返事だった。書く道具は古びていても筆跡も文章もしっかりして、しかも女性らしさと風格めいたものを感じさせた。

これはすぐ返事を書き、相手の気の変わらないうちに会見を申し込まねば、と思いかけて、大事なことを確認していないことに気づいた。

それは、この返事が、おじさん宛てのどの手紙と対応しているかだった。

とにかく、あんまりいっぺんに問い合わせの手紙を書き、すぐさままとめて出したものので、かなり記憶がゴッチャになっている。にもかかわらず、調べるまでもなく答えはすぐに出ていた。

それは、今回返事をくれたご婦人の兄なる人（文面からすると、そういうことになる）が、おじさん宛てに送ってきたものがただの手紙ではなく、ほかと比べてずいぶんと風変わりだったからだ。

それは、おじさんのトランクを開いてすぐに目についた品の一つ、幻燈の種板《たねいた》――後世の、といってもこれも最近は見なくなったが、スライドフィルムにあたるガラス板だった。

何枚もあるそれらは、クラフト紙のようなものにくるまれていたが、広げてみたところ、それは大きめの封筒で、裏面にはくだんの住所氏名がしるされていたというわけだった。

となれば……問題は、そのガラスの表面に、どんな風景なり人物なりが焼き付けられているか、だった。

最初これらを見つけてから、日にすかしたりルーペで見たりしてみたが、今一つ何が写っているのかわからない。それを知るには魔法のランプ《マジック・ランタン》の助けが必要であり、その持ち主を探す必要があった。

3

幻燈機《マジック・ランタン》——日本語も英語も、何とも美しく夢見るような呼び名だが、そこにノスタルジーを感じるのは、ぎりぎり私たちの世代ぐらいだろうか。

おもちゃ売り場にも、ブリキ製らしき小《ちい》ちゃなのが置いてあったし、雑誌のふろくに紙製の組み立てキットとお粗末なフィルム何コマかがよくついていたものだ。

後者など貧弱きわまりないもので、ランプは自前で用意しなくてはならないから、電気スタンドを突っこんだり、それもないと懐中電灯で代用したりして、ひどく心細い映像しか投影できなかったものだ。

もっとも学校などでは、もうスライド映写機――これも、フィルムカメラが消えかかった今日では通じないのかもしれない――が主流だったし、せいぜい理科工作の図鑑で見るぐらいだった。

そうだ、あれは高校の地学の授業で、突如《とつじょ》おっそろしく古風な幻燈機を教師が持ち出してきたからびっくりした。確か高空の大気現象か何かを図解するためのもので、たぶんそれしか適当な教材がなかったのだろう。

とにかくスライドフィルムではなく、細長い木枠に何枚ものガラスの種板を載せ、横に滑らせながら絵を切り替えてゆくという古めかしい方式だった。だからしばしば行き過ぎてもどしたりする。

だが、そのおかげで、はるか何十年後かに出くわしたガラス板が、幻燈の種板だと気づくことができた。そうとわかれば、あとは簡単――とはいかない。幻燈機のある家の割合など、東京人の家庭でタコ焼き器を備えているところより少ないだろう。

だが、私には幸い心当たりがあった。幻燈の種板だろうが蠟管《ろうかん》レコードだろうが、これも過去の遺物となったパンチカードであろうが、それと対になる道具を用意してくれそうな知り合いが。


「そこの暗幕を閉めて……で、そこのジャワの木彫は、隣の青銅の壺に突っこんじゃってください。かまわないから。あと、そこの人体模型と茶簞笥《ちゃだんす》の間を詰めて、そこに中国屛風《びょうぶ》をたたんで挟めば……ああ、それでOK。さて、と……」

《アンティークショップ・眼球堂》の主人は、遠慮会釈なく指示を飛ばし、自分でもテキパキ動きながら作業を進めていった。

ほどなく、わずかな通り道を残して床を占拠していた品々は片寄せられ、そこにそれ自体何やら曰《いわ》くありげな台座を持ち出した。

それでは高さが足りなかったと見えて、かなり剝落《はくらく》してしまっているが、凝《こ》った箔《はく》押し装幀の洋書を二冊ばかり重ね、その上に載せたのが、眼球堂主人秘蔵の魔法のランプ——おもちゃの国からやってきたみたいな幻燈機だった。

先日、おじさんのトランクの検分を頼んだとき、さっそく隠しポケットを発見し、そこから血のついた短剣《ダガー》なんて物騒な代物を掘り出した彼は、今度の件においても有能だった。

例のガラス板を見せるなり、多少は困惑するかと思いのほか、

「ああ、これなら」

と一人合点《がてん》したようすで、店の奥に入ってゆき、しかたなくそのまま待ちぼうけを食わされていると、やがて戻ってきて、

「たぶん、これならいける……かな」

と、ちょっとだけ疑問を残しつつ、すすけたようなボール箱を抱えていた。

その横腹には、Magic Lantern その他の文字に添えて、一家団欒《いっかだんらん》で幻燈会を楽しむさまを描いた、いかにもレトロな絵が貼りつけてあった。

ほどなく、そこにシルエットとして描かれたのと同じ形の幻燈機が、箱の中から取り出された。それは想像より一回り小さく、前方に突き出たレンズとその周りは、なかなか精緻《せいち》な造りとなっていた。

ただの金属の箱のわりには、可愛らしく親しみが持てる感じがしたのは、その色合い

やたたずまいが、洋菓子を詰め合わせた缶を連想させたせいかもしれない。

見た目は真新しいとはいえ、何しろ年代物だけに電気関係には不安があるらしく、眼球堂主人は、念入りにコードの被覆《ひふく》を調べたり、箱の中に仕込む電球を取り換えたりし、さてそれから私に向かって、

「悪いけど、そこの電気消してくれますか」

そう言って指さした先には、日ごろは売り物の衝立《ついたて》か何かの陰に隠れたスイッチがあり、それを切ると、外はまだ明るいというのに店内は暗闇《くらやみ》の中に落ちた。

もっとも、すぐに眼球堂主人が電球のソケットをひねったので、レンズから吐き出される白熱の光によって、前方の白壁が四角く照らし出された。映写幕代わりのここを空けるのが、さっきまでの作業の主たる目的だった。

映写機ではないから駆動音は響かない。冷却ファンなどついていないから、その音もしない。

レンズとスクリーンの光の余波を受けて、怪しげな骨董品たちがぼんやり浮かび上がる中、聞こえるのは眼球堂主人が幻燈機をいじくったり、種板を挿入するらしきかすかな音だけ——と思ったら違った。突然、部屋のどこかからノイズまじりに音楽が流れて

きたから驚いた。

それは、洋楽がひとしなみにジャズと呼ばれていたころの楽曲で、古い洋画で聴いたような気もするし、エノケンこと榎本健一《えのもとけんいち》あたりの出た古い邦画で接したような気もする。とにかくそんなノスタルジックにしてスウィンギーな演奏であった。

その正体はすぐにわかった。眼球堂主人がこっそり準備したらしい手回しの蓄音機に、秘蔵のＳＰレコードをかけたのだ。

それをバックミュージックとして、私と〝おじさん〟のための幻燈会が始まった。

まず最初の映像は、どことも知れぬ異国的な街の風景だった。どうやら港町らしく、さまざまな人種が行き交い、遠景には貨物船らしきものも見えた。

それがふいに横にフレームアウトして、また別の風景が映し出される。少年時代の私を驚かせたものと同様、これも複数の種板を挿入してそれを順々にずらしていく方式なのだ。

ことり、ことり。眼球堂主人が新たな種板を枠にはめ込み、用済みのものを取り外していく音が聞こえる。

その後も何枚か町や港や、そして海の映像が続いた。多少加工が施されたそれらは、描かれた風景のようでもあり、実景のような絵にも見えた。

私はもどかしい思いにかられた。これらだけでは全く意味がつかめない。

そして気づいたことだが、これらが幻燈の種板に写し取られたのは、これらの風景を多数の人に見せるためであり、おそらくその時には説明なり解説なりが伴っていたに違いない。だが、今はそれらを欠いている以上、私にはこれらが何処《どこ》の何を、何のために撮影記録したのか知るすべもないのだった。

だが、そんな不満と不審は次に現われた一枚によって、たちまちに吹き飛ばされた。

「こ、これは！」

思わず声に出し、周りの骨董品類を引っくり返しかねない勢いで身を乗り出した。だが、それも無理はなかった。

――これまでの風景とは打って変わり、白壁のスクリーンには人物の姿が映し出されていた。

それほどクローズアップではない。どちらかというと引き気味の構図であったために、直《じか》に種板を調べたときにはとても顔まで確かめられなかった。

だが、今ここで幻燈機のレンズを通して拡大されて、はっきりとわかった。そこにいるのは、おじさん――鍛治町清輝と、そのそばで彼とともに微笑むもう一人の男性だった！

私の記憶の中の〝おじさん〟よりは、ずいぶん若い。といって若すぎもしないから、少なくとも戦前戦中の撮影ではなさそうだ。

ということは、私の生まれる前後ぐらいだろうか――と根拠もなく見当をつけた。何にせよ、あの優しくにこやかなおじさん――口を開けば面白いお話が無限に飛び出し、次から次へといろんな遊びに誘ってくれた鍛治町清輝を見まちがえるはずがなかった。

おじさんの隣にいるのは、彼とほぼ同年輩の、やや精悍《せいかん》で厳しい感じのする人だった。

（誰だろう）

と首をひねってはみたものの、この人が何者かはとっさのことで想像のしようもない。

だが、肩をくっつけんばかりにして、笑いあっている姿からして、おじさんとこの男性が心を許した親友の仲――いっそ同志と言いたいような関係であることは推測できた。

私はまたたきもせず、白壁を見つめていた。いつの間にかレコードの音楽は終わり、店内は再び薄闇と静けさに包まれていた。

ややしばらくして、眼球堂主人が言った。

「あの、すみません。種板が熱で傷《いた》んでしまうかもしれないので、次のに取り換えてもいいですか」

「あ、いや、もうちょっとだけ……」

言いかけて、この貴重な写真が損じてしまっては大変と、「あ、じゃあ次のを頼む」と付け加えた。

おじさんとその親友ないし同志の写真は、そのまま画面の外に押し出された。だが、彼らと名残《なごり》を惜しむ暇もなく、私はさらなる驚きに打たれることになった。

次に映し出されたのは、さっきまでとは一変して、一種ドメスティックなものを感じさせるポートレートだった。

まだ若いがどこか寂しげな女性と、その膝に抱かれた幼子――だが次の瞬間、異様な感覚が私を殴りつけた。

おじさんという存在を除けば、何一つ自分とかかわりのなさそうな幻燈の中の世界が、いきなり自分とつながった気がしたのだ。それも、槍《やり》か針でも打ち込まれたような痛みと衝撃をともなって……。

「どうか、しましたか?」

それからどれほどたったろう、眼球堂主人が珍しく心配そうな声で、私に問いかけた。

そのあと白壁を見て、ハッとしたように、

「あの、ひょっとして、ここに映っているのって……？」

おずおずと訊いてきた。

「いや、違う！」

私は、われ知らず声を荒らげて立ち上がった。そのまままさっき自分で切ったばかりのスイッチに歩み寄ると、震える手でそれを押した。

とたんに、まばゆいばかりな光が店内に満ち、白壁の映像を消し去った。

（そんなはずはない！）

私の中で、私自身の声が、乱打される鐘のように鳴り響いた。

（そんなことなど、あるわけがない……今あそこに映し出された子供が、このおれ自身、そしておれを膝の上に乗せているのが、おれの母親《おふくろ》だなんて、そんなことがあるわけがない！）

4

もうこの年では、言われることも稀になったが、以前はしじゅう「あなたはどうして結婚しないんですか」と訊かれたものだ。

世間的には時候の挨拶みたいなものだから、こちらも「いえ、まあ」とかなんとか、照れ笑いでごまかすのだが、実は理由らしきものはある。

そしてそれは、私がもっとずっと若いころ、誰かしら好意を抱いたり抱かれたりした女性と遭遇すると、すぐに結婚を意識してしまったのと、同じ理由なのだ。

というのも、私はいわゆる標準的な家庭では育っていない。いや、世間的にはそのように取りつくろわれているのだが……。

今でこそ事実婚とかシングルマザーとか、あるいは同性婚とかが当たり前に扱われ、まじめに語られるようになったが、ほんの少し前まではそうではなかった。父がいて母がいて子供がいる。この標準形態から少しでも外れようものなら、たちまち悪目立ちして、後ろ指をさされるシステムとなっている。

今でもあるのだろうが、新聞の地方版にほぼ毎日赤ちゃんの写真付き紹介コラムが載っていて、これが実に残酷な形式を取っていた。何の誰々ちゃんは○○さん（父親）の何男だか何女だかと明記され、その後に必ず母親のコメントがつく。

父親がいなかったり、母親が出産直後亡くなったりしていようものなら、たちまちコラムの定型は崩れ、そこが〝世間並み〟の家庭でないことが暴露される。

だから、もし世間様と違う結婚なり家庭なりを営み、そこで子供が生まれようものなら、見せかけだけでも取りつくろうため周囲は必死の努力をしなくてはならない。たとえば、事実とはまったく異なる親戚や知人夫婦の間に生まれて、実の母の元に養子に入ったような形を装ったりする。

くわしくは話したくもないが、私もそのたぐいで、自分自身の出生について知ったとき、そして自分の戸籍が嘘にまみれているのを知ったときにはずいぶん驚き、苦しみもした。

必要があって戸籍を取るたびに、自分が欺瞞《ぎまん》に満ちた存在であることを思い知らされて嫌になった。私が役者の道を選んだのも、本名とは別の自分だけの名前を名乗ることが魅力的に感じられたからかもしれない。

だが、青年時代のいつごろだったか、私は結婚すれば、自分たちだけの新しい戸籍を作り、くそいまいましい虚偽から脱出できると知った。

私がそれなりに付き合った女性に、常に結婚を約束していたのは、何も私が誠実な堅物だからではなく、そういう隠れた動機があったからだ。

だが、ある日私は知った。そんな風にして新たな家庭の戸籍を手に入れたとしても、ほんの少したぐればたちまちそれ以前の戸籍が明るみに出されるということを。そして、その機会はいつ訪れるともしれないことを。

その日を境に、私の結婚熱はきれいさっぱりと消え去った。そして、今日に至る……というわけだ。

私は極力自分の出自に興味も関心も持たず、母がどんな男性と愛し合って自分を産んだのかについても詮索を避けてきた。自分の父親がどこの誰であったかについては問いただすこともなかったし、それでいいと思っていた。

母の死から何十年もたった今となっては、その手がかりぐらいは聞いておけばと思ったこともある。だが、今さらどうしようもない。

ところがここにきて、おじさん――鍛治町清輝にかかわるらしき幻燈の種板の中に、母と私が含まれていた。

これはいったい何を意味するのか。〝おじさん〟は私にとって何者であったのか。そんな辛辣《しんらつ》な問いかけが、突き付けられることになった。

いや、正直に言おう。私はおじさんに遊んでもらっていたときも、そのあともずっと、鍛治町清輝が自分の父親だったらいいなと考えていた。半面、であればどうして名乗ってくれなかったのか、あんな妙に距離を置いた付き合い方をしていたのか不可解でもあった。

あのプロデューサーに目をつけられるほど、長《ちょう》じてなお楽しげにおじさんの思い出話を語ったのも、今このようにしてその足跡を追っているのも、そうしたひそやかな願望と疑問に引きずられた結果だったのかもしれない。

そう、おそらくは……いや、きっと……。

「――どうかなさったの？」

優しい女性の声にハッとして顔を上げると、そこには八十――いやどうかすると九十を超えていそうな上品な老婦人の顔があった。

フワフワした白髪に細面《ほそおもて》、折れそうなほど華奢《きやしや》な体をシフォンらしきブラウスに包んでいた。どこか童女めいた、浮世離れした印象。だが、その温顔《おんがん》には長い年月がさざ波となって刻《きざ》まれ、失礼な言い方をすれば老木の木肌を思わせた。

「い、いや、何でも」

私はこれが舞台だったら、たちまち駄目出しをくらいそうなわざとらしさで周囲を見回しながら、

「こちらにお住まいになって、もう長いんですか。本当に立派なお屋敷で……」

お世辞ではなくそう言いながら、供《きよう》された紅茶を口に運んだ。

「ええ」

突然の訪問希望にもかかわらず、こころよく受け入れてくれた老婦人は、変わらぬ上品さと愛想笑いとともに答えた。

「もう三十年も前になりますかしら。夫の亡くなりましたのを契機に、私がこちらの実家《さと》に戻りまして、これも死んだ兄に代わってここを管理することにしたんですの。そのころはもちろん純和風の建物でしたが、もうどうにもならないほど老朽化していたものですから、思い切って私と亡夫の好みだった洋風に建て替えてしまいましたのよ」

確かに、いかにものんびりした田舎駅の風景の先に、この広壮な西洋館が見えてきたときには、ちょっと驚いた。以前は純和風だったというのは、いわゆる豪農の屋敷でもあったのだろうか。

――今のところ私の手紙に反応をくれた唯一の存在であるその女性とは、しばらくとりとめのない自己紹介と世間話を交わした。

あいにく先方は、俳優としての私はあまりご存じないらしく、曖昧な微笑にまぎらせていたが、私がかつて仕事をした古き良きスターたちの話題は、とてもお気に召したようだった。

だんだんわかってきたところでは、この老婦人の兄というのが、鍛治町清輝の友人の一人で、彼女も二、三度会ったことがあるという。そのスマートでダンディな姿かたちや物腰は、今も印象深いようだったが、私が知りたいかんじんのこと――〝おじさん〟が何者で、どんな仕事をしていたかについては、曖昧にしか知らないようだった。

「そう……なんでも、貿易とか社会事業とか、外国の貧しい人たちの手助けとか、いろいろと手広くやっていらしたようですけど、それ以上のことは……ねえ？」

三十年若ければ艶然《えんぜん》と、とでも表現したくなっただろう笑みを浮かべながら言われては、それ以上詮索のしようもなかった。

なにしろ、亡兄がどういう形で鍛治町清輝と知り合い、どんなかかわりを持っていたかも覚えていないという。まあ、自分の直接の知り合いではなく、また知り合いだったとしても人間関係というものは忘却にぼやかされたところがあるものだ。

このままではまったくの徒労《とろう》、はるばると電車を乗り継ぎ、のどやかな車窓の田園風景に何度も寝落ちしかけながら、テクテクとここまでやってきた甲斐《かい》もないことになりかねなかった。

だが、今日の私には切り札があった。これを彼女に見てもらうだけでも、一日仕事の値打ちはありそうだった。

「それで……実はちょっと見ていただきたいものがあるのですが」

私はそう言うと、自分のバッグから例の幻燈の種板を取り出した。古びた封筒にくるまれた中身を取り出すより早く、

「あら、それは確かに兄の筆跡《て》ですわ。懐かしい……よくこんなものが残っていましたことねぇ」

うれしそうに微笑むのをしりめに、私は中から何枚かのガラス板を取り出した。むろ

ん、このままでは見られないし、まさかここまで幻燈機を担いでくるわけにもいかない。

　そのために私は、眼球堂主人からちょっとした道具を借りてきていた。それはヴュワーといって、この場合は幻燈の種板を挿入し、明るい光に向けてのぞけば、画像が普通の写真ほどに拡大されて見られるというものだった。

「へえ、それにそのガラス板を挿しこんで……あらほんとだ。ずいぶんきれいに、そして大きく見えますことねぇ」

　老齢で目もよくはなさそうだし、面倒がられては申し訳ないと思ったが、そんな心配は必要なかった。老婦人は、はるか昔の少女時代を思わせて興味津々、ヴュワーとそれが映し出す風景に見入ってくれた。

　まずは順番通り、どこかの港町の風景がいくつか。だが、それがいつどこで撮られたものかという質問に対しては、老婦人は首を振るばかりだった。

「さあ……兄は若いころはあちこちを飛び回る仕事をしていて、まだ海外旅行が自由化される前にも国外に出たことがあるそうですから、そのときのものかもしれません。ただ、それはただの商売ではなく、何か政治的なことにかかわる不穏《ふおん》なものだったようで、私の父とひどく言い争ったり、夫が意見めいたことをするのを見かけたことがあります」

「すると、これらの写真は、お兄様のそうした仕事に関連して撮影されたものだとおっしゃる？」

「さあ、それはわかりません。ただ、これは幻燈写真ですから、多くの人に見てもらうものでしょう？　ということは、兄はこれらを使って誰かを相手に、内容はわかりませんが報告とか発表とかをし、それが用済みになったので、鍛治町さんに返したのかもしれませんね」

淡々と思い出話でもするような調子で、ズバリと事実に切りこんできたものだからギヨッとさせられた。それはただの推測ではなく、亡兄の幻燈を用いた活動を何らかの形で仄聞《そくぶん》していたのかもしれない。

三枚、四枚……そんな思いを片隅に、私は順々に種板を入れ替えていった。そして、ついに例の写真――〝おじさん〟こと鍛治町清輝ともう一人の写真に至ったとき、

「ああ、覚えています、覚えています。こちらの方が鍛治町清輝さんです。懐かしいわ」

……うちにはこの方の写真などは一枚も残っていませんからね。ほんとに懐かしいです

皺《しわ》んだ肌に、かすかな赤みさえたたえながら、老婦人は言った。やはりそうだったか、と私は高鳴る胸を抑えながら、

「それで、ここに鍛治町さんと並んで映っている男性なんですが……ひょっとして、この方があなたのお兄様でしょうか」

「いえ、ちがいます。これが兄であるもんですか」

それまでとは打って変わった、思いがけないほど強い語気だった。そのことに、私は一瞬ひるんでしまいながら、

「いや、これは失礼しました。でも、鍛治町氏の隣のこの男性をご存じではあるのですね」

すると老婦人は、なんとも複雑な表情を浮かべながら、何やら言いにくそうに、

「はい、何だか悪口を言うようで申し訳ないのですが、この方のことは兄から聞いておりまして……何でも、自分の妻や子供を放ったらかしにして、鍛治町さんの奥さん――では正式にはなかったそうですけれど、とにかくその方のもとに入りびたっていたと聞いております」

苦々しい口調の中に、憐れみのようなものが感じられた。その後、ふとあることに気

づいて、

「ということは、そのとき鍛治町氏は、奥さんのそばにはいなかったんですね？」

「ええ、もちろん」老婦人は言い切った。「だって、鍛治町さんはいったん帰国後、またどこかへ——おそらくは海外へ出て、そのまま二度とお帰りにならなかったんですから」

淡々とした言い方である分だけ、衝撃が強かった。すると〝おじさん〟は、私への思い出と、あのトランクだけを残して、この国から——おそらくは、この世からも姿を消してしまったというのか。

それにしても、その留守を狙う形で、鍛治町清輝の妻なる人に近づいていたというのは何の目的あってだろう。

どうせよこしまな思いからだろうと、私は舌打ちしたくなった。これほど卑《いや》しむべき振る舞いも、めったとあるものではなかった。

私はいつしか、ヴュワーの中のその男の顔を食い入るように見つめていた。限りない憎しみと蔑《さげす》みを込めて……だが、そのとき恐ろしい事実が私に突きつけられた。

鍛治町清輝の隣で、親友面をしている見知らぬ男の顔を、どこかで見たような気がしてきたのだ。

いや、この男そのものではない。この男にそっくりな誰かを、それも昔のことではなく見た気がするのだ。つい最近も、昨日も、いや、今日も——！

「あら、そういえば」

ふいに突きつけられた事実に言葉もない私に、老婦人は無邪気に笑いかけてきた。何かすてきな発見でもしたように、ヴュワーに映し出された一人の男を指さしながら、

「この方、あなたにそっくりじゃありません？　ひょっとして、あなたとこの方——？」

その刹那《せつな》、私がひそかに胸に抱いてきたものが、あっけなく崩壊した。

ひそかに期待していたように、わが敬愛する〝おじさん〟こと鍛治町清輝ではなく、この男が私の父親——？　そんなまさか、そんな忌《い》まわしいことが！

ふいに私の周りで全ての光が落ち、まるで暗闇の中にたった一人でいるような気がした。それは、あのアンティークショップでの幻燈会のようでもあり、それ以上にあるものに似ていた。

——誰もいない、ほかに何もないたった一人の舞台。その上で、ただ一人スポットライトを浴び、立ちすくむ孤独な役者。まさにそれが、今の私の姿だった。

第6話　おじさんと私と……

1

——ここでは私自身が〃おじさん〃だった。

すすけた格子天井、色あせた畳、日に焼けた障子、透かし彫りの欄間《らんま》、違い棚の何だかよくわからない置物……そしてそれらを照らし出す、和風の笠に収まった電灯。

さしずめそこは、時に忘れられ、ゆっくりと朽《く》ちてゆこうとする部屋だった。

でも、掃除は行き届いていて、不潔な感じはしない。それは、この古びた家を守っている夫婦の努力のたまものであり、その心づくしの結果が、テーブルの上に並べられた料理の数々というわけだった。

「さ、さ、それでは……まだ日は高いが、まぁ精進落《しょうじんお》としということで」

「や、こりゃどうも。にしても、祀《まつ》られる当人に会ったこともないのに、よくやってくれますよ」

「いや、まったく……でもさすがに維持しきれないので、建て替えることも考えてるらしいですよ」

「そりゃ無理もない話だが、まぁここでこうして法事をすることもないでしょうから、今日がここの見納めということになるかもしれませんよ」

「では、ちっとばかり気が早いかもしらんが、本家との別れを惜しんで、お一つ――さ、さ、どうぞ遠慮なさらずに」

交わされる会話は世俗そのもの。だが、これが法事というもので、こんなところでハイブラウな話をされても、居心地が悪かろうというものだ。まるで、小汚い居酒屋で朝まで演劇論を闘わせるようなもので……。

そこで、ふと気づいたことがあった。青臭い演劇論も辛気臭い法事も、今の私にとってはうっとうしさにおいて大差ないことにだ。かつては考えられないことだったが、少なくともこのような場を、以前のように嫌悪してはいなかった。

この手の親類縁者が集まる場というのは、子供のころはわけもわからず連れてこられ、生意気盛りになるといやでたまらなくなる。誰もがきっとそうだろう。

　もう少し長じると平然とサボることを覚え、やがてそれが常態となるとしめたもので、周囲にも「あいつはどうせ来ない」ということで了解してもらう。

　ずいぶん長いことそれで通用してきて、たまに良心がチクリと痛むこともないではなかったが、逃げられるものなら逃げるに越したことはない。

　だが、そうはいかなくなったのは、私にかわってそうした俗事を引き受け、防波堤となってくれていた親族が年とともにいなくなり、三度に一度ぐらいは私が顔を出さないわけにはいかなくなった。

　今日も、そんな逃れられないお呼びがあり、珍しくダークスーツなど一着に及んで、ここ――わが一族の本家ということになっているお屋敷にやってきた。

　本家といっても、別に権限や影響力があるわけでなく、私より年下の夫婦がごくつつましやかに暮らしているだけだ。いや、見回せば、年若いのは彼らだけではなく、私など高齢者グループの、それもかなり上の方に入っていた。

　法事の主役は――そら、あそこにしつらえた祭壇に置かれた写真の主だ。これ以上ないほどの優しい笑顔を浮かべたおばあちゃん。私ですら、かすかに記憶があるだけで、どんな人だったかの記憶はほとんどない。

ひどく懐かしい気がした。このおばあちゃんのことはほとんど覚えていないというのに変な話だが、実は懐かしいのはこの写真そのものだった。

何年かごと、あるいはもっと間を空けて、ここに来、この部屋に通されるたび、同じおばあちゃんの写真と対面する。あたりまえのことだが、セピア色の画面の中で彼女の姿はいつまでも変わらずに、周りの人間だけが年老いていく。いつのまにかいなくなり、新しい誰かと入れ代わる。

そうなると、もう誰が誰だかわからない。顔に見覚えがあっても、さてこの人がどういう縁戚関係で、何にあたる人だったか考えても、曖昧模糊《もこ》としてわからなかったりする。

といって今さら聞くわけにもいかないから、たぶんお互いわからないままに終わるのだろう。

——そういえば、おれは自分が何者かということすら、はっきりしなくなってきたのだ。

先日、あの老婦人に見せた幻燈写真に写っていた、懐かしの〝おじさん〟こと鍛治町《かじまち》清輝《きよてる》。だが、そのかたわらに立つ見知らぬ人物が、私にそっくりではないかと老婦人は指摘した。

しかも、老婦人の証言によると、その男は鍛治町清輝の妻のもとに入りびたっていたという。おじさんの足跡を追っていたはずが、とんでもない事実を突きつけられた。

むろん「鍛治町清輝の妻」が、私の母親であるかどうかはわからない。だが、〝おじさん〟でない何者かが、私と同じ顔を持っているという事実は、ある忌《い》まわしい想像を呼ばずにはおかない。

そんなことがありうるのだろうか。だが、しかし……。

考えれば考えるほど訳がわからなかった。その疑問を突き詰めれば突き詰めるほど自分の存在が危うくなってくる気がして、恐ろしかった。

まるで野山を歩いていて、ふいに泥土に足を滑らせ、そのまま洞穴の中に突っこんでしまったかのようだ。一刻も早くぬかるみから足を引き抜いて、その場を立ち去るべきか。だが、目の前にぽっかり開いた洞穴は、いかにもいわくありげにここに入っておいでと誘いかけてくるのだった……。

そんなさなかに、この法事の通知があった。

出ようか出まいか、これほど迷ったことはなかった。出たところで、何か手がかりが得られるとは限らないし、わが身の秘密をさらけ出すような質問をすることもはばかられた。何より、うっかり私の出自についてたずねて、とんでもない事実が発覚するのが恐ろしかった。

それでも、昔のことを知る親類縁者は、ここにしか集まりそうになかった。

だが、同時にいやな想像もしないではいられなかった。彼らはこれまで、私の正体を、私がずっと疑問に思っていることも、とっくにお見通しで、そのくせ何食わぬ顔で私のことを見ていたのではないか。自分自身にかかわることを当人が知らされず、周囲の方が常識として共有していることは、意外にありがちなことだ。

とにかく私はこの法事にやってきた。だが、今やそうしたことを知っていそうな年輩者たちは姿を消し、また存命だったところで、どう話を切り出していいかわからなかった。

そうこうするうち、食事は滞《とどこお》りなくすみ、とりとめのない世間話や噂のやりとりは、シャボン玉みたいに弾けて消えた。

まだ飲み続けるもの、早々に席を立つもの。さっき小耳にはさんだ、屋敷がいずれは取り壊されるかもという件もあってか、ここの夫婦に許しを得て、中を見物する人たちもいる。

宴果てて障子が開け放たれ、縁側越しの風景が明らかになる。

かつては外に田畑が広がり、見晴らしの良かった庭も、今は塀のすぐそばまで家が建てこんでいる。記憶の中の風景はすっかり蝕《むしば》まれていたが、その分、塀の内側だけはいつまでも昔のままというタイムスリップ気分を味わうこともできた。

何にせよ、縁側の板の間に座りこんで、そよ風を肌に感じるというのは久しぶりの、しかもなかなかに心地よい体験だった。

この分では、今日は何も収穫がないかもしれない。いや、そもそも無理な話だったのかも……そう思いかけたときだった。間近に人影がさしたかと思うと、

「あのっ！」

元気いっぱいな声がして、そのあとおずおずと私の名を呼んでから、

「……ですよね？」

と付け加えた。

「ああ、そうだけど――」

けげんな思いでふりむいた私は、軽く目をみはった。

声の主はほっそりとして黒髪は短く、一瞬ならず二瞬三瞬も少年と見まがうような少女だった。

「あたし、お芝居がやりたくって……高校でも演劇を始めたんですけど、周りにそういう道に進んだ人がいなくって。で、今日ひょっとしてあなたがここへ来るかもしれないって聞いて、それで親についてきたんです！」

それだけ言うのに、顔をかすかに上気させ、息を弾ませていた。何よりもその瞳のきらきらとした輝きに圧倒される思いだった。

「あ、それで私に何か芝居の話を——？」

やっと事情がのみこめた私の答えも半ばに、

「そうなんです！」

いい加減な人生を送ってきた大人の代表格である私など、吹き飛ばしてしまいそうな希望と活力と、そして何より〝未来〟が人の形をしてそこに立っていた。

それから私はしばらく、彼女を相手に演劇、とりわけ高校大学での活動について、その後の進路、役者となるかならないかの分かれ道、そのための方法や選択肢について、知る限りを語った。

それはとても楽しく、心洗われるようなひとときだったが、私の胸にふと奇妙な疑問がきざした。

――この娘からは、私はどう見えているんだ？　いったい何者として映じているんだろう？

彼女にとっての私もまた、謎めいた存在なのではないだろうか。親戚知人も大人たちも立ちまじってどこか正体不明の、けれど何か見知らぬ世界を開いてくれそうな人物に見えているのではないだろうか。

つまり――ここでは私自身が〝おじさん〟だった。

ならば、と私は考えた。ならば、この子の前で、私はもっと希望を与える大人であろうではないか。未来を開いてみせる存在であろうではないか。夢多く、思い出に残る〝おじさん〟を演じきってやろうではないか――。

そこまで考えたとき、何かドキリと胸のうちで脈打つものがあった。

(今、おれは何を考えた？　おじさんを演じる、それはいったいどういうことだ？)

ふいに黙りこんだ私に、少女がけげんそうな顔で問いかける。

「あの……どうかしました？」

「あ、いや……それより、芝居を続ける秘訣だけどね」

内心の動揺を押し隠そうとギクシャクと語を継ごうとしたときだった。ドタバタと音がして、三十年輩の女性が駆けてきた。私には未知の人だったが、少女はそちらをふりかえると、

「おばさん、どうかしたの？」

「それがね」その女性はあわて気味に、「……ちゃんいなくなっちゃったのよ」

それは、法事の席に連なっていた五、六歳の幼児のことらしかった。

「え、それでどこへ行ったの」

「それがわからないから困っているのよ。気がつくと、いつのまにかいなくなってて……」

「この家の〝探検〟にでも行ったんじゃありませんか。ここは旧家だから、子供の隠れるような場所はいくらでもあるし、それに珍しい物だらけですからね」

私が言うと、その女性はいくぶん安心したようだったが、

「で、でも、家の外に出てしまっていたら……そこで事故にでも遭《あ》ったら」

早くも最悪の想像をめぐらせるのを「まあ、そんなことは」と言いかけたときだった。またしても胸の内で脈打つもの、しかも今度は何かしら疼《うず》きをともなうものがあった。それが何かはそのときはわからなかった。わからないまま、私はみんなとともにその子の捜索に取りかかった。

幸いにも逃亡者はすぐに見つかった。階段下の納戸の中にうずくまり、いつのまにかスヤスヤと寝入ってしまったのだった。

これにて一件落着となり、再び一同が食卓にもどってきたとき、ふいに話しかけてきた者があった。それはかなりの年輩――私よりもさらに三つ四つ上の女性で、どうも見覚えがあるような気がしながら、つい声をかけかねていた相手だった。

私の複雑な表情に気づいたかのように、その婦人はにっこりと笑うと、

「あれ、覚えてない？　ああ、それもそうか。わたしはほら、あなたの従兄弟《いとこ》のそのまた……子供のときに何度か遊んだこともあるんだけど。そういえば、わたしはあなたの活躍をテレビなんかでよく見ていたけど、あなたはここの集まりにはめったに来なかったしねぇ」

そこまで言われて、ああ！　と思った。ときどき親戚の集いや小旅行でいっしょにな

ったお姉さんだ。年の差はわずかだが、まだ小さいころで、しかもそのころは女の子の方が発育が早いものだから、ずいぶん大人びて見えたものだ。

優しくて親切なお姉さんだった。大人たちの中でぽつねんとしている子供らの相手を積極的に買って出てくれて、ありがたかったのを覚えている。名前も、どういう関係だったか覚えていないので、たどりようがなかったが、思い出だけは今も鮮やかだった。

思いがけない再会であった。会えると思っていなかった相手と会えたうれしさに、私は過去の記憶を探り出し、子供が海岸で拾った貝を見せあいっこするみたいに、彼女と思い出を照合することに興じた。

いつのまにか人々は散り、広間はガランとしていた。だが、まだ全員が帰ったわけではないらしく、ついさっきの騒動の張本人の陽気な笑い声や、大人たちの話し声、食器を片づける音などが入りまじりながら聞こえていた。

片隅のテーブルに向かい合いながら、それらを伴奏としての思い出話も尽きたころ、彼女はふと遠くを見る目になると、こんなことを言い出した。

「そういえば、こんなことがあったね。わたしがさらに子供で、あなたがまださっきの幼子ぐらいのときのことだった。あれは、そう……」

そこで妙に言いよどんだが、すぐさま強引に押し切るかのように、

「場所はここじゃなかったけど、やっぱりこんな風な集まりでね、しかもほかは大人ばかりだったものだから、あなたは大方すっかり退屈してしまったんでしょう、あたりを走り回っていた。そのときは、わたしもまだ小さかったから、お姉さんとして、そんな子の相手をしてやることまでは気が回らなくってね……。

法事というかお弔《とむら》いというか、とにかくそれが一段落してふと気づくと、あなたがいなくなっていたからびっくりさ。どこへ行ったんだ、まさか人さらいの手にかかったり、車にはねられたりしたんじゃあ……とみんなが本気で心配してたのをはっきり覚えてる。考えてみれば、それがきっかけかな。わたしが小さい子たちの面倒を進んで見るようになったのは。それが楽しくなっちゃったおかげで、ずっとあとになったのが学校の先生っていうわけ。教卓は離れたけど、今でも大学で教えたりしてるのよ」

「そ、そんなことがあったんですか。自分では全然覚えてないです」

私は息をのんだ。その言葉に嘘はなく、まるきり記憶からすっぽ抜けていたが、またしても胸に疼くものがあった。それも、さっきより強く――。

「それで、そのときの私がどうなったかは覚えていますか」

「まあ、そこにそうしているからには、無事に帰ってきたわけですけどね」

何十年も前のお姉さんは、今でもやっぱりお姉さんらしく笑うと、

「それがね、さっきのあの子とは違って、あなたはほんとに家の外に出てしまっていたの。それがわかったのは、あなたが庭からひょっこり帰ってきたときのことだった」

「外から？」

「ええ、ことによったら門の外にまで出てしまっていたのかもしれない。というのは、あなたは、そこの建物の中にはないはずのものを持っていたから」

「ないはずのもの？　そ、それは」

いつのまにか、私は自分の手で空をつかんでいた。それはいったい何だったのか、失われた記憶を取りもどすつもりだったのかもしれなかった。

「本よ」

彼女は答えた。

「本？」

「そう、子供向けの本——確か探偵小説だった。ハードカバーでけばけばしい表紙がついた……昔は、こういう児童文学でも漫画でもない少年少女向けの娯楽小説がけっこう

あったのね。題名は何ていったのかな。ええっと……」

気をもませるような間のあと、知らず知らず身を乗り出していた私にニコッと笑いかけると、

「ごめん、忘れちゃったわ。ここまで出かかってたんだけど」

と、のどのあたりを指さしてみせたのには、カックンとならずにはいられなかった。

だが、それより訊いておきたい大事なことがあった。

「それで……私はどうしてそんな本を持ってたんですか。どこかから盗んだわけでもあるまいし」

「誰かにもらったんですって」

「もらった？」

私はおうむ返しにくり返した。

「ええ、知らない、い、い、い、おじさんからね」

何気ない一言ながら、ひどく心に突き刺さるものがあった。おじさん、知らないおじさん……それは、わが〝おじさん〟こと鍛治町清輝と重なるものがあるのか、ないのか。

――そのとたん脳裏に、布に絵具でもにじませるように広がった風景があった。いや、

むしろ、ゆっくりと幻燈のピントを合わせてゆくように、というべきだったかもしれない。

それは、あろうことか墓場のただ中で、しかし明るい光の中にあって少しも怖さは感じさせない。近くに瓦屋根や白壁が見え、それらの向こう側に土塀らしきものがめぐらされているところからすると、どこかのお寺の裏手らしい。

私はいつのまにか小さな子供になって、そこで無心に遊んでいる。

ふと気づくと、自分のそばに見知らぬ男の人が立っていて、じっとこちらを見つめている。だからといって、別に薄気味悪い感じはせず、ただ誰だかわからないのでポカンとするばかり。

やがて相手が口を開き、何ごとか私に話しかける。まるでサイレント映画のように、今の私にはまったく聞き取れないが、子供の私には理解できたらしい。

すると、男の人はうれしそうにうなずき、カバンから何かを取り出した。それは一冊の本で、ひどく子供の心をそそる表紙絵がつけてあった。

その題名は——題名は——？　必死で目をこらし、タイトル部分を読み取ろうとするが、まるで雑誌に載った写真を虫眼鏡で拡大したときのように、かえってぼやけてしまう。

思いがけないプレゼントに喜ぶ子供の私。すると男の人は身をかがめ、私の頭をなでてくれた。

そのとき、相手の顔がこちらの間近まで来た。それは……単なる妄想もしくは記憶の捏造《ねつぞう》であったかもしれないが、まさしく〝おじさん〟こと鍛治町清輝にほかならなかった。

もっとそのことを確かめたくて、私がさらに〝おじさん〟に近づき、これまでの疑問をぶつけようとしたときだった。

ふいに幻燈のランプが切れたかのように、レンズに蓋でもしたかのように一切が消え失せ、私はもとの場所にいた。

「思い出した、思い出しましたよ！『八三二の秘密』よ。ずっとあとになって図書館で同じ本を見つけてアッと思ったから、まちがいないわ！」

気がつくと、何十年前のお姉さんが声をはりあげていた。そのせいで、過去から引きもどされたのかと思うと、わざわざ思い出してくれたのがうらめしかったが、それはそれで驚くべき証言だった。

（『八三二の秘密』だって……？　八三二、ハチサンニ——８３２⁉）

いっぺんにさまざまな情報を与えられて混乱した私は、しばらくは言葉を発することもできなかった。そんなていたらくを間近に、

「あの、どうかしました？」

お姉さんが心配そうに訊いた。私は「いえ、何でも」と適当にごまかしたあと、はじかれたように彼女に向き直った。

もし、いま話してくれたエピソードに登場したのが、一場の夢に見た通り鍛治町清輝であったのなら、そのときこそが〝おじさん〟との最初の出会いであった可能性が大きい。だとしたら、それはいつどんな状況下のことであったかを何としても知りたかった。

「それで……私が一時行方不明になり、誰かから本をもらって帰ってきたのは、どういう集まりの際だったんですか。やっぱり今日のような法事ですか？」

そのとたん、お姉さんの朗らかな顔に困惑が広《ほが》がった。

「え、あなた知らなかったの……というか聞かされてなかったの？　さっきはわざとぼやかしたつもりだったんだけど」

「どういうことですか」

私は、わけのわからない思いのまま問い返した。すると往年のお姉さんはなぜか口ごもり、ややあって思い切ったようすで口を開いた。

「あれは鍛治町清輝という人のお葬式だったのよ。といっても、海外で行方知れずになって、だいぶたってから訃報《ふほう》が伝えられたけど、結局お骨一つ返ってこなくってね」

「鍛治町清輝が、死んでいた……」

茫然としてつぶやく私に、彼女は「ええ」とうなずくと、

「それで、ちょっと変則的だけど、あなたのお母さんを中心に、鍛治町さんの思い出を語り合う、偲《しの》ぶ会のような形で開かれたそうよ」

「母を中心に……ですか。どうしてまたそんなことに」

私がいぶかしさに訊くと、お姉さんはますます不思議そうな顔になった。次いでひどく生まじめな表情になりながら、

「どうしてまたって、あの……まさか知らないはずはないわよね。ひょっとして、知らないの？」

お姉さんは、しまったというように顔をしかめた。もし当人が知らないなら、自分の口から言うべきではないと考えたようだった。

「……教えてください」

　私はただ一言、そう言った。お姉さんはなお躊躇するようだったが、やがて一人うなずくと思い切ったようすで、

「わかった……話すわ。当人であるあなただけが、そのことを知らないというのも、決していいことではないからね。だから聞いて、鍛治町清輝という人は、籍こそ入れなかったけど、ずっとあなたのお母さんと付き合っていて、その結果あなたが生まれたことを。つまり、鍛治町さんこそ、あなたの父親だということを！」

2

　そのあと、どうやって本家をあとにし、おなじみの都会《まち》にもどったのか、正直よく覚えてはいない。

　遠い遠い子供時代と少しも変わらなかったお姉さんに、ちゃんと礼を言ったろうか。言わなかったとしたら申し訳ない話だし、連絡先を聞いておかなかったのが悔やまれる。

　だが、それも無理はなかったかもしれない。彼女から突きつけられた事実はあまりに

衝撃的で、それを受け止めるだけでせいいっぱいだった。

どうにも信じがたい事実だった。それ以上に受け入れがたかった。何より理屈にあっていないことはなはだしかった。

私の亡き母が、法律的にはどうあれ鍛治町清輝の妻であったことは、どうやら事実らしい。にもかかわらず、私は彼ではなく、もう一人の男と同じ顔を持っている。

このことは明らかに、何かおぞましい人間関係のあったことを邪推《じゃすい》させずにはおかない。あるいは、やむをえないものだったのかもしれないが、それはそれで後ろ暗いものをほのめかすように思えてならない。

それらをいさぎよく受け入れ、過去のあやまちを全てなかったことにするとしよう。だが、それでも説明のつけようのない矛盾は残る。

私のまだ幼い日に鍛治町清輝が死に、私もいる場で葬儀が行なわれたとしたら、それ以降私がしばしば会い、おじさんと呼んで親しんだ彼はいったい何者だったのだろう。

幽霊だったとでもいうのか？　ならば誰も怪しまず、恐れなかったのはなぜだろう。

ひょっとして私にだけ見えていたというのか。

だが、私の記憶する限り、彼が血肉を備えた生身の人間であったことはまちがいない。

実は彼は、少年期の妄想が生んだ全くの幻覚であったとでもいうなら話は別だが……。

何よりの疑問は、私が鍛治町清輝の葬儀から抜け出したお寺の裏で出会ったのは、いったい誰だったかということだ。

あれが、記憶と空想、それに願望の入りまじった脳髄のいたずらでなかったとしたら――そして、そのとき見た顔が確かに〝おじさん〟のそれであったなら、私は弔いが行なわれているまさにその当人と会ってしまったことになる。

やはり幽霊だったのか。だが、その幽霊から私はプレゼントをもらった。それが幻でも何でもなかったことは、あの法事で何十年ぶりかに会った、かつてのお姉さんの話でも明らかだ。

『八三二の秘密』――その本のことは、確かに思い出の中にある。それも、とっておきの愛読書として。あいにく細部はすっかり抜け落ちているが、かろうじて少年少女たちが陰謀団と知恵比べをくりひろげていたことは確かだ。

ずいぶん長いこと身辺にあったその本が、そんな形で手に入ったとは……しかも、ほかならぬ〝おじさん〟から贈られたものだったとは、きれいさっぱり記憶から消し去られていた。

　だが、あのお姉さんが口にした『八三二の秘密』というタイトルが掘り起こしたものは、ほかにもあった。そこにふくまれた、たった三つの数字がまるで別の意味を帯びて私に迫ってきたのだ。


——荒々しく自宅マンションの扉を開け閉じすると、私は床に散らばった新聞や雑誌、食い終わった弁当やらカップ麺やらを蹴散《けち》らさんばかりにして、奥の部屋に入った。

　そこに一等場所を取って置いてあるのは、むろん「おじさんのトランク」だ。ふだんは半開きにしてあるのを、今日はいきなり蓋を閉じ、取っ手のあたりに付けられた数字錠をでたらめに動かす。

　当然ながら、蓋は施錠されてもう開かない。そのあともう一度数字錠に触れ、おもむろにダイヤルを回してゆく。

　8……3……2と合わせたところで、カチリと内部で響く音がして、トランクの蓋は難なく開けることができた。

　これ自体何ということはない。これまでこのトランクをアンティーク専門の眼球堂主人に見てもらうために、外に持ち出したときなど、こんな風に数字錠を掛けたり解いたりしたものだ。

問題は、このトランクを手に入れたときから、そうしてきたということだった。最初は当然、開錠のしかたがわからず、これは旧知の眼球堂か、鍵開けの専門家に見せるしかないと考えていた。

それが、何となくふだんから暗証番号などに使っている「8・3・2」を入れてみたところ、あっさりと開いてしまったのだ。おかげで、おじさんの秘蔵品にして遺品らしきものを手にすることができ、そこから調査と推理の旅にいざなわれていった。

ラッキーというより奇妙、奇妙というより薄気味の悪い偶然だった。なぜこの三つの数字の組み合わせを好んで使ってきたのか、自分でもよくわかっていなかった。

ありがちの誕生日とかの日付なら8月32日というのはありえず、8年3月2日という解釈も成り立たない。なぜなら平成八年ないし二〇〇八年以前からこの数字を使っているからだ。外国式に年月日の順番を入れ換える手もあるが、そもそも日本人の自分がそんなことを思いつくとは考えにくい。

だとすると本当に偶然か、それとも誰かに教えられたのか。漠然と抱えてきた疑問が、おじさんのトランクの数字錠との一致で、いっそうふくらんだ。

おじさんもまた「8・3・2」の組み合わせを使っていた。そしてそれを私に伝えてくれたのだ。

だが、どうやって？　その答えが今日になってついに出た。この三つの数字は、おじさんが私にくれた少年向けの探偵小説に由来していた。それが私の印象に焼きつけられて、いつしか三桁の数字というとこの組み合わせになっていったのに違いない。

しかも、おじさんが伝えようとしたのは、それだけではなかった。自らの葬式にそっと姿を現わし、私に自分の存在を告げた。

（おじさんは、少なくともあの時点では生きていた。だから、そのあとも自分に会いに来ることができたのだ。ほかの大人たちが、死者の出現をいぶかしまなかったのは、見て見ぬふりをしていたのか、それとも自分を知らない人間たちの前にのみ姿を現わしていたのかはわからないが……）

だが、もしそうだとしたら、私の顔はいったいどうなるのだ。〝おじさん〟こと鍛治町清輝とはまるで別人の顔を持つ私は、彼にとって何だったのか——。

解いても解いても、あとに謎が残った。だが、それらもまた、全て解かれなくてはならなかった。このままでは、とても舞台にかけることなどできはしなかった。

そんなとき、ふと考えついたことがあった。『八三二の秘密』という本の中にこそ、秘密があるのかもしれないと。

あいにく、この本は私の手元にはない。生家がまだ取り壊されずにあった時分なら、家捜しすれば出てきたかもしれない。だが、今となってはそれも無理な話だ。

それでは、と図書館を調べてみて驚いた。子供向けの本だし、かつてはこうしたシリーズがかなり読まれたようだから、簡単に見つかるだろうと思ったら、全く見つからない。

どうやら、こうした娯楽小説系の少年少女向け読物は、あまり評価されず、本として大事にもされなかったらしい。子供たちに人気な分だけ消耗も激しく、ボロボロになって廃棄されていったようだ。

古本市場にもめったに出回らず、たまに出てもかなりの高値がつき、しかもすぐ買い手がつく。かつて自分が持っていたのと同じものがほしいのは山々だったが、とりあえずはあきらめるほかなかった。

次善の策として、中身だけでも読めないかと問い合わせたところ、思いがけず朗報があった。『八三二の秘密』が、ある児童文学選集に収録されているというのだ。

　さっそく手に入れて読んでみたところ、大筋は忘れていたが、あちこちに覚えている細部があって、なかなかに楽しめた。だが、作中に出てくる「８・３・２」の数字の組み合わせには大した意味はなく、適当に別の数字と差し換えても成り立つような内容だった。

　だとしたら、〝おじさん〟は幼かった私の無聊《ぶりよう》を慰めようとしてか、その境遇を哀れんでか、たまたま持っていたあの本をくれただけかもしれない。「８・３・２」にこだわるようになったのは、私の個人的な問題に過ぎなかったのかもしれない。

　いや……それはありえない。ならば、どうしておじさんは自分のトランクの数字錠にその番号を選んだのか。いつの日か自分のトランクが私の手で開かれる日に備えて、自分がプレゼントした本のタイトルを数字錠に託したのか……。

　そもそも鍛治町清輝は、何を思って自らの葬儀が行なわれている場に現われ、そのあとどうしたのか。結局のところは、迷い出た死者だったのか生者だったのか。いや、そんなことより……。

　あれこれと考えをめぐらしながら、巻末のページを繰《く》ってゆくと、作者の経歴が記されていた。生年は鍛治町清輝と大して変わらず、どちらかといえば地味で堅実な執筆人生を送ってきた。亡くなったのは、今から四十年ほど前——私の読んだ限りでは〝おじさん〟との接点も何一つ見当たらなかった。

それでも何か手がかりはないかとページを繰るうち、とうとう奥付まで来てしまった。タイトル、著者、編者、出版社……発行年月日、印刷所、装幀者、イラストレーターらの名前。ふだんしげしげと見ることのない個所だが、どうしてなかなか興味深かった。

ふと、奥付の下の方に©の符号に添えて、ローマ字で名前らしきものが記されていた。©はcopyright《コピーライト》のCだから、これは著作権者の名前ということになる。

当然、『八三二の秘密』の作者かと思ったら、そうではなかった。

考えてみれば、作者はとうの昔に亡くなって、でもまだパブリックドメインとなるほどの時間はたっていないのだから、当然、誰かが著作権継承者として印税の支払いなどを受けることになるだろう。

読者にとっては、それが誰だろうがどうでもいいことだが、私にとっては必ずしも当てはまらなかった。なぜといって、『八三二の秘密』とその作者について知りたければ、この人に訊くのが一番確実かもしれなかったからだ。かなり高い確率で直接の身内ではあるのだろうから。

とりあえず、その名前だけでも心得ておこうと、目をこらしたときだった。

「！」

私の中で何かが破裂し、あるいは砕け散り、とっさには何をどう判断したものかもわからなくなっていた。

（こ、これはどういうことなんだ……）

思わず心につぶやき、何度となく見返したが、私の知る人物のそれであることは見まがいようがなかった。

「いったいどういうことなんだ」

私はついに声に出して言った。いや、叫びといった方がよかったかもしれない。

「この小説の著作権継承者が、あいつ……今度の芝居のプロデューサーの彼だとは！」

私は手近にあった椅子にへたりこみ、あてもなく考え続けるほかなかった……。

……へたりこんだ椅子からやがて立ち上がった私は、そのあと何日も何週間も、われながら感心するほど精力的に動き続けた。むやみと歩き回り、やたらと人と会い、はるか遠くに旅し――ひたすら机にかじりついた。

そして、ついにその日がやってきた。

3

私は語り始める――。

話しかける相手は一人の少年。彼は私のすぐそばにいるのかもしれないし、私の中にいる私自身なのかもしれない。

ともあれ、私は語り始めた――遠い日の思い出、記憶の彼方にひょっこりと顔を出す〝おじさん〟のことを。

あたりまえのようにそこにいて、よほど親しい親戚か、古くからの知り合いとしか思えない。でも、本当は何者なのか知らないし、まわりの誰も教えてはくれなかった。

かつて君のような少年だった私が、いま見るような大人になり、年老いつつある。

そんなある日、私は出会う――おじさんとの思い出の場所に、そこに残された一つの古びたトランクに。

トランクの持ち主は鍛治町清輝。不思議にもあっさり開くことができたトランクの中には、その人の思い出と数奇な冒険の物語がいっぱいに詰まっていた。

かつて私にさまざまな面白い話を聞かせてくれ、空想の世界に誘《いざな》ってくれたおじさん。私はその足跡を追い、彼のスリルに満ちた人生を追体験していった。

そして私は……〝おじさん〟こと鍛治町清輝となった。

私は若き貿易商としてあちこちに旅し、さまざまな商取引を通じて、そのころの人々が望めないような出会いと見聞《けんぶん》を果たした。

そうした中で必要以上に世界を見てしまった結果、私は当時の世の流れとは逆向きに進まざるを得なかった。

血に飢えた鉤十字《かぎじゅうじ》の獣から自由と独立を求めるレジスタンスの人々を救い、何度も危ない橋を渡った。

高名な博物学者である侯爵さまのお供となって、南方の奥地まで探検と採集に出かけたが、それも同胞による暴虐と破壊を少しでも防ぐためであった。

ときには動乱の欧州まで足を延ばし、国際列車の旅の途上で出会ったドイツ人女性を救い、貴重な切符をプレゼントすることまでした。

ほかにも語られざる冒険があり、抹消された体験がある。やがて戦争は終わったが、私の旅は終わらなかった。

私——？　そう、私は鍛治町清輝。この国の戦争は終わっても、周囲の動乱と災厄はやまず、しかもその多くはわが祖国が種をまいたものだった。

私は以前よりはるかに困難となった海外渡航を強行し、おのが信念のままに働き続けた。

そんな中、私は恋をした。それは、周囲のために自分のあらゆるものを犠牲にした若い女性で、およそ恋というものも愛なるものも拒絶していた人だった。

にもかかわらず、私と彼女は恋に落ちた。激しく愛し合い、しかし結婚は彼女から強く辞退された。それが彼女の生き方である以上、しかたがなかった。

そして、私は再び長い旅に出た——アジアの中でもひときわ紛争と混乱と殺戮が渦巻く、そのただ中に。

そのとき、すでに彼女は妊娠していたが、私はそのことを知らなかった。だが、いつか必ず彼女のもとに帰ろうという思いは日増しに強くなっていた。それは、かつての私からは考えられないことだった。

皮肉にも、私が自分の帰る場所を強く意識し始めたとき、長年支えてくれていた強運のカードが尽きた。

ある日ある時、ある異国の都市で、降り注ぐ銃弾のたった一つが私の体を貫いた。

そして……私すなわち鍛治町清輝は死んだ。

暗転……その中に射す一条の光、それに照らされてむっくりと起き上がる人影。

私は再び語り始める——。

「おや、おかしいな。鍛治町清輝は異郷の地で死んで、死体はおろか遺骨も遺品すらも帰国することはなかったのに、私はここにこうして生きている。生きてお喋《しゃべ》りを続けている。変だな……いや、あながちそうとも言い切れない。鍛治町清輝がこの世から消えて、私がここでこうしていられるのは、私は鍛治町清輝ではないからだとしたら、まことにもって理の当然というべき話だ。

そう、私は彼ではない。私は開戦前夜の避暑地のホテルでエルマン・ルメール氏を助けはしなかったし、阿地川鎮麿《あちがわしずまろ》侯爵とともに幻の蝶を追っかけたりはしなかったし、美しきエーファ・クルーガー嬢の命と名誉を守ることもしなかった。それらはすべてわが親友・鍛治町清輝がしたことだ。

私はただ、彼の友人として身近にいただけだ。何の技量も勇気もなく、彼の華麗な履歴に指をくわえていたにすぎない。

ちなみに、私の仕事は小説家兼劇作家。それも多くは子供向けの読物や芝居で、自分はろくすっぽ実行力もない分、せめて夢と空想に満ちたお話を書くことで、彼らの役に立とうとしていた。

彼が生まれて初めて本物の恋に落ちたと知ったとき、私は彼をこれ以上無謀な行動に走らせないようにしなくてはと思った。みすみす一人の女性を不幸にしてはならないと思ったからだし、彼女の中に新たな生命が宿っていることを知ってからはなおさらだった。

にもかかわらず、彼の冒険心と義侠心《ぎきょうしん》はやむことがなかった。彼は再び旅立った——私とのたった一枚の記念写真を置き土産にして。

年月が過ぎ、鍛治町とその女性との子供はすくすくと育っていったが、彼の消息は杳《よう》として知れなかった。

その訃報が確定したのは、さらに何年も後のことだった。

それを受けて、あるお寺で、彼の葬式とも偲ぶ会ともつかぬ集いが開かれたが、私はそれに出席しかねていた。

彼の友人でありながら暴挙を止めることができず、ついに最悪の結果をもたらしたことに責任を感じずにはいられなかった。のめのめと弔いの席に連なって、思い出話を披露するほど恥知らずではないつもりだった。

それでも当日になると、足は自然に集いの開かれる寺に向かった。建物の中から聞こえてくる人々の声、とりわけ彼の妻となった人の面影をかいま見るにいたって、どうしても足が竦《すく》んで踏み出せなかった。

まるで幽霊みたいに墓地の中に立ちつくす私。だが、そこに思いもかけぬ小さな人影が現われた。

それは、一人のまだ幼い男の子だった。何も知らずに連れてこられ、自分の父を弔う場の退屈さに耐えかねて、逃げ出してきたのだろう。

気弱で卑怯者《ひきょうもの》の私も、この子を見過ごすことはできなかった。私は彼に話しかけ、いっときの間遊んでやり、別れ際にたまたま持ち合わせていたあるものを贈った。

それは私が書いた、たわいもない冒険探偵小説の一冊だった。タイトルは――『八三二の秘密』。

それから私は折に触れて、その子の身近に姿を現わし、時には親戚知人のような顔をして、いかにもそれらしくふるまった。むろん、私のことに気づいていた者も少なからずいたろうが、事情を察してか口をつぐんでいてくれた。

私は語りかける——鍛治町清輝の忘れ形見である、その少年に、彼の父なる人になりかわって、さまざまに胸躍る面白い物語を。そこは商売柄、得意中の得意なものさ。ハハ、ハハハ……。

——お父さん！

力なく笑う私に、突如投げかけられたのは少年の声だ。ハッとして身じろぎしたところへ、少年の声はさらに続ける。

——お父さん、もうやめて。

私はたちまち狼狽し、あわてて弁明にとりかかった。

「あ、いや……違うんだ、私は君のお父さんじゃない。話せば長いことながら、そしていつかは言わなくてはならないことだったんだが……」

——違わないよ、お父さん。

まるで、振り下ろされる鞭《むち》の音のように、少年の声が響く。

——僕は、お父さん……鍛治町清輝という人の親友だったお父さん自身の子供だよ。

「……！」

——お父さんが、鍛治町清輝さんの奥さんや、その子供のもとに入りびたっている間、僕はいつも一人だった。お家の中にお父さんはろくにおらずに、とてもとても寂しかったんだ。お父さんはそれで満足だったかもしれないけれど、僕や僕のお母さんたちはどうなるの？　どうなったと思っているの？

「そ、それは……」

私は口ごもり、なんとも答えようのないまま頭を抱える。後悔にさいなまれ、懊悩《おうのう》したその果てに、

「そうだ！　そうして僕は……いや、私は大人になった。子供のときに胸に開いた穴を埋められないまま、こんなにも年を取った。そしてある日、私は知った——私と私の母を棄てて、鍛治町清輝という親友の妻と子のために日々を費やし、とりわけその子のために鍛治町清輝らしき人物まで演じてみせた……その相手が、自分の仕事仲間として身近にいることに！」

私の相貌はまたしても変わり、その年ごろにも似ず切々と語り始めるのだった。

「ここに、私から子供時代と温かい家庭と、何より父を奪った男がいる。しかもその男

は、父が演じた甘やかなお芝居に今もだまされたままで、〝おじさん〟なる存在の思い出に酔いしれている。

だとしたら……せめてその夢からは醒《さ》めてもらおうじゃないか。私と彼が共に生きる劇場で、舞台という世界で！」

私はそこでことさらに高笑いしようとするが、それは次第に泣き笑いのようなものに取ってかわられ、やがて顔を覆ったまま打ち沈んでしまう。

それからどれほどたったろう。私はやにわに顔を上げると叫ぶ。

「少年たちよ」

さらに新たな声が放たれる。あらゆる恩讐《おんしゅう》を超え、この上なく自由闊達《かったつ》で、反面エゴイスティックでもあり、何事にもとらわれずに決して長くはない生涯を駆け抜けた、その声の主は――？

4

――私の一人芝居のハネた劇場は、一時熱気とざわめきに包まれ、そのあとまた静かになった。

おかげさまで舞台は予想外の成功を収めたようだった。珍しく誰もが私に会いたがったが、私が本当に会って話したかった相手の姿はどこにもなかった。

予想はしていた。ただ願わくは、彼が私の舞台を最後まで見てくれたことを……。

――長年の仕事仲間であるあのプロデューサーが、私を主演とした舞台を企画し、ただしそのテーマは私の記憶の中にある〝おじさん〟であるべきことを提案したとき、私は彼の意図をむろん知る由《よし》もなかった。

彼は自分の子供時代を奪った父親と、それを代わりに受け取った私にどんな感情を抱いていたのだろう。憎しみか怨《うら》みか、それとも嫉妬《しっと》か。

結果として、私は私の中の思い出を完膚《かんぷ》なきまでに暴《あば》かれ、虚飾を剝ぎ取られ、寒々《さむざむ》とした現実を思い知らされた。

ならば、これは一種の復讐劇だったのだろうか。だとしたら何のために？　そんなことをしても何も得られるものはなかろうに、私から何かが取り返せるわけでもなかろうに――もっとも彼自身すら、実はよくわかっていなかったのかもしれない。

その意図をくんだ私は、プロデューサーにはダミーの台本を渡してＯＫを取り、後半を彼らしき人物の登場する全くの別物と差し換えた。

もうおわかりだろうが、私は確かに鍛治町清輝の子供であった。だが、私が出会った〝おじさん〟は鍛治町清輝ではなく、あのプロデューサーの父親である小説家であり劇作家でもある人物だった。

そして、あの幻燈写真に写っていたのは親友どうしだったその二人。私にそれを見せられた老婦人は、当然私の父であり、私と同じ顔を持つ男を鍛治町清輝と認めたのだが、私は自分の記憶の中の〝おじさん〟こそをそうだと勘違いした。

さらに老婦人は、その〝おじさん〟を鍛治町清輝の妻のもとに入りびたった男として紹介したのだが、私はそれをもう一人の方と取り違えてしまったのだった。

今となれば、あのトランクの数字錠の由来も明らかだ。鍛治町清輝の遺品としてそれを預かり、いずれは私に引き継ぐつもりだった小説家は、私にとっての自分の表象である「8・3・2」を新たにセットし直したのだ。

私は、そのあとしばらく劇場でプロデューサーを待ち続けたが、もとより期待はしていなかった。

やがて閉場のときを迎え、私は劇場を後にした。私のために気を利かせてくれたか、スピーカーからはあの送り出しの音楽が流れていた。

　　さあ閉幕、カーテンフォール
　　愛し憎み、殺し殺された人々が
　　素にもどり手をつなぎ、一同礼！

「ねえ君、知っているかい」

　私は、もう二度と会えないかもしれない、会えても以前のような関係ではいられないかもしれないプロデューサーに話しかけた。

「この歌『これでおしまい』の作曲はアーデルベルト・シュミットシュタット、訳詞は鬮目屋《くじめや》吉太郎《きちたろう》ということになっているけれど、Adelbert《アーデルベルト》はドイツ語で清く輝く、Schmittstadt《シュミットシュタット》は鍛治・町という意味。さらにKajimachi Kiyoteru《カジマチ・キヨテル》とローマ字書きしたのを並べ換えればKujimeya Kichitaro《クジメヤ・キチタロー》となる。さらに由来を調べてわかったんだが、この歌はね、君が生まれた日に僕の父から、当時芝居も手がけていた君のお父さんへの祝福と人生賛歌として贈られたものだったんだ。つまりこれは二人の友情の証。せめて、これを君といっしょに聴きたかったが……」

そこまで独語したところで、私は自分が最低のナルシスティックな役者に堕《だ》していることに気づいて、ひそかに赤面した。

私は苦笑いまじりに、外の街路に足を踏み出した。かすかに、ほんのかすかに流れ続けるあの歌を聴きながら……。

多少は辻褄《つじつま》合わなくっても
納得できない点あったとしても
今は余韻《よいん》にひたり、お席を立って——
これでおしまい、お帰りはあちら！

——幕——

これをもちまして、本日の公演は全て終了いたしました。お忘れ物のないようお気をつけてお帰りください。またのご来場を、一同心よりお待ち申し上げております。お帰りの際は、アンケートのご記入をお願いいたします。

なお、劇場出口にて本日の出演者がお見送りをいたします。

本日はご来場、まことにありがとうございました……。

あとがき――あるいは好劇家のためのノート

――その小劇場は、あなたが時折立ち寄る何気ない街角のもう少し向こうにあります。どこにでもある商店街をちょいと外れ、ひっそりした住宅街をしばらく歩きます。駅から少し離れているのは、やはり地価や賃料の関係でしょう。

本当にこんなところに芝居小屋なんかあるのかな、道を違えてやしないかと心配になり始めたころ、その建物はあなたの前に姿を現わします。隣近所とは変わりないように見えて、その前にだけできた人だまりや、華やかに軒下を埋めた花また花が、ここがよそとは違う空間であることを物語っています。

そして、何よりここがあなたの目的地である証拠には、そこの入り口近くには、まもなくこの中でくり広げられようとする物語の名が記されているのです――『おじさんのトランク　幻燈小劇場』と。

本書は『奇譚を売る店』『楽譜と旅する男』に続く私の幻想連作短編シリーズで、「小説宝石」に掲載された前二作とは変わり、同じ光文社の電子雑誌「ジャーロ」を発表の場としました。このあとを受けて同誌に執筆し、先ごろ『名探偵は誰だ』にまとめられたのが全く様変わりした奇想ミステリ、変則フーダニット連作であったことからも、『おじさんのトランク』が三作目にして一つのフィナーレを飾るものとなりました。

さまざまな体験から、本格ミステリ以外のものはなるべく書かないつもりだった私が、長年の編集担当者だった鈴木一人氏からのすすめで『奇譚を売る店』を書いたこと自体、一つの転機であり、不思議な化学変化をもたらしました。ましてその文庫化から三年近くたった二〇一八年に第十四回酒飲み書店員大賞を受賞し、かつてないほど版を重ねるなど思いもよらないことでしたが、とにかく私にとってとても重要なシリーズとなったことはまちがいありません。

第一作の古書綺談に続いて、『楽譜と旅する男』が失われた音楽と異国の都市の物語となったことも予期せぬ化学変化でしたし、さてその次に何を書くべきかにはなかなか悩ましいものがありました。これまでになく、はっきりとした主人公兼語り手を置き、彼の思いを語らせてゆく――そして彼を老境にさしかかった俳優（私、ウチの細君、前出の鈴木氏で全然イメージキャストが違いました。読者《あなた》なら誰を当てるでしょう？）にするという着想がどこから来たのかはわかりませんが、これも思いがけずシリーズが続いた賜物ではあったでしょう。

『奇譚』『楽譜』の第一話がそうだったように、『トランク』も最初は、過去の事件の探偵小説的謎解きに始まります。今回は現実の人生を生きる「私」が主人公であり、その思い出探し、ひいては自分探しがテーマとなるからには、よりリアルなものになるかと思いきや、〝おじさん〟の南洋探検物語やら欧州スパイ合戦を、「私」が俳優であればこそ追体験してゆくのをあれよあれよと見守る感じでした。

まして、それがついに小さな劇場での一夜の公演につながり、全てがそこにのみこまれてゆこうとは、正直計算外のことでもあったのです。計算外といえば、本シリーズの連載中、故・松坂健《まつざかけん》先生のご紹介で劇団フーダニットさんの公演に行ったことが、同劇団のためミステリ戯曲「探偵が来なけりゃ始まらない――森江春策、嵐の孤島へ行く」を書き下ろすきっかけとなったのも、そうだったと言えるかもしれません。

その他、本書の創作裏話については、「小説宝石」二〇一九年八月号に、乃木口正さんをインタビュアーに迎えての対談で語っていますので、機会があればごらんください。

ついでながら、右で触れた演劇台本は、近々森江もの短編集に収録の予定です。

例により初刊本にはあとがきを付しませんでしたので、この場を借りて前二作並びに『名探偵は誰だ』でも各話の扉絵と装画を担当いただいた、ひらいたかこ先生と装幀の柳川貴代先生に御礼申し上げます。右の対談でも明かしていますが、それはもうひどい進行でご迷惑をかけた「ジャーロ」の堀内健史氏、文庫担当の持田杏樹氏にも感謝を。

そして、解説をお願いした杉《すぎ》江《え》松恋《まつこい》さんには、先ごろ第七十五回日本推理作家協会賞と第二十二回本格ミステリ大賞を受賞した拙作『大鞠家殺人事件』を高評価していただきましたが、とかく無視されがちだった私の作品に早くから注目してくれていた創作集団「逆密室」のメンバーでもあり、今回初めて機会を得たことを喜んでいます。

さて、そろそろ終演の時刻となったようです。場内に流れるのは、すでにおなじみのあの曲――「これでおしまい《ディス・イズ・ジ・エンド》」。というわけで、ここでみなさんさようなら。

なに、嘆くには及びません。この劇場《こや》が閉じ、演目が最終日《らく》を迎えてしまっても、ほかに面白い物語は山とあり、あちこちで日夜興行が続けられているのですから……そう、あなたが今、手に取っておられる本という形で。それでは、また！

芦辺《あしべ》　拓《たく》

二〇二二年五月

解説

杉江松恋《すぎえまつこい》
（書評家）

芦辺拓《あしべたく》はいつも、あるべき姿の世界を探しているように見える作家だ。

創作活動の主舞台としているミステリーは、謎の提示とその解決を軸として物語が組み立てられるジャンルである。それゆえ、答えを求める小説になるのは当たり前のようにも思われるのだが、芦辺作品からは探偵の唯知的な姿勢だけに還元しきれないものを感じることが多いのである。ずれに対する違和の表明、とでも言うべきか。怒りという形をとることもあり、哀しみの感情に見えることもあり、作品によってそれはさまざまだ。

芦辺がデビュー以来一貫して起用し続けている探偵・森江春策《もりえしゅんさく》は、作品の中で加齢について語られることがなく、いわば永遠の青年探偵である。彼が一向に分別臭くならないのも、おかしいな、こんなはずはないのにな、と何にでも小首を傾げてみせる態度が似つかわしいからではないか。作者の分身として森江は、違和の表明役を仰せつかっている。

『おじさんのトランク　幻燈小劇場』は雑誌「ジャーロ」六十二号（二〇一七年十二月刊）から六十七号（二〇一九年三月刊）に連載され、単行本化された。親本の奥付を見ると二〇一九年七月三十日初版一刷発行となっている。「ジャーロ」が初出の連作短編集にはこの前に『奇譚を売る店』（二〇一三年刊。現・光文社文庫）、『楽譜と旅する男』（二〇一七年刊。現・光文社文庫）の二冊がある。

『奇譚を売る店』は古本屋で作家が探偵小説を買うという出だしで統一された連作で、語り手が作中に綴られる綺想に呑み込まれていくさまが毎回描かれる。『楽譜と旅する男』は依頼に応じて失われた楽譜を探し出す男が主人公で、彼が世界各地を歴訪するという旅の物語なのである。大別するならばミステリーよりは幻想小説なのだが、『奇譚を売る店』は親しみのある古書の世界を舞台にすることで作者が自身の内奥にあるものを覗き込もうとした一作、『楽譜と旅する男』は逆に、音楽という馴染みの薄い題材を追い求めることで、自分自身からどれだけ遠ざかることが可能かを試した挑戦作、といった具合にジャンル分けよりも成り立ちに目を向けた方が、作品の拠《よ》って立つところは理解しやすいように思われる。他の著作以上に生々しく、芦辺拓本人の姿がこの連作には表れているのだ。

それに続くのが『おじさんのトランク』である。今回のモチーフは演劇、話を動かしていくための小道具として古いトランクが用いられる。名前の明かされない語り手の〈私〉は、ベテランの俳優だ。ある日、〈私〉は知り合いのプロデューサーに呼び止められ、来期の公演を任せてもいいと思っていると打ち明けられる。〈私〉は自分自身について雄弁に語る人間ではないが、唯一風変わりな〈おじさん〉について思い出話をしたことがあった。「激動の二十世紀の空隙《くうげき》を縫い合わせるように生きた一人の男、その中には歴史上の大事件や重要人物と危うくクロスしたり、派手にすれ違ったり」といった〈おじさん〉の人生を演劇化すればどうかというのだ。

半信半疑ながらも勧めに乗り、本名を鍛治町清輝《かじまちきよてる》という〈おじさん〉について〈私〉が調べ始める。その持ち物であったらしいトランクを手に入れるのが第1話「おじさんのトランク」(「ジャーロ」六十二号)で、以下その中から見つけたものを元に〈私〉はゆかりの土地らしい場所や人を訪ね続ける。第2話「おじさんの絵葉書」（同六十三号）では現存するホテル建築としては日本最古のものといわれ〈高原の鹿鳴館《ろくめいかん》〉の異名をとったホテルで、おじさんが目撃者として関わったらしいフランス人実業家襲撃事件について知る。第3話「おじさんの植物標本」（同六十四号）でトランクから出てきたものは植物標本で、〈私〉はとある華族博物学者の功績について聞かされることになる。第4話「おじさんと欧亜連絡国際列車《ユーラシア・トレイン》」（同六十五号）で話題に出るのはユーラシア大陸を横断する長距離列車だ。このように〈おじさん〉の活躍は多岐にわたり、調べれば調べるほどその実像がわからなくなっていく。第2話から第4話までで注目したいのは、それぞれグランドホテル形式で謎解き小説、秘境冒険小説、国際謀略小説の構図が当てはめられていることだ。おそらく〈おじさん〉は、作者である芦辺の好む物語の主人公に成りうる人物なのである。

第5話「おじさんは幻燈の中に」（同六十六号）で〈私〉は、深刻な問題を直視しなければならなくなる。「トランクの中から現れた鍛治町清輝の軌跡《きせき》と、私の記憶の中から立ち上がってくるおじさん」像とは一致しないのである。これが物語の隠された主題であることは明らかだ。鍛治町清輝という人物の生涯はひとつながりの絵図のようにして既に存在する。明らかになってくるその絵図と、身近で〈おじさん〉と接した記憶との間にあるずれを〈私〉は無視することができないのだ。第6話の題名が「おじさんと私と……」（同六十七号）であるのは必然で、〈おじさん〉が何者かを解き明かすことが〈私〉自身が誰なのかという答えにつながっていくのである。すべては一つの家族の物語なのだ。

一つの世界があることが初めから提示されており、それをさまざまな角度、手法によって読み取ろうとする行為が軸になって物語が形成されていく。芦辺はそうした物語を得意とする作家であり、作例も多い。海洋活劇や西部小説など、多様な物語が収められた古書が存在し、それらを読み解いて本に秘められた真意を解き明かすという二〇〇五年発表の『三百年の謎匣《なぞばこ》』（現・角川文庫）などは最もわかりやすい例だ。実在する物語を題材として書かれた『紅楼夢の殺人』（二〇〇四年刊。現・文春文庫）や、江戸時代の狂言作者が作品を通じて表現しようとした「かもしれない」思いを解き明かしていく『鶴屋南北の殺人』（二〇二〇年刊。原書房）なども同種で、フィクションという見えやすい形で現実とは違うもう一つの世界が作中に構築されている。忘れてはならないのは、館という現実の建築物と虚構の小説とが重なり合う構造を持つ『グラン・ギニョール城』（二〇〇一年刊。現・創元推理文庫）である。

これらの作品では、事件の真相を言い当てるだけでは不十分で、作品世界を成り立たせている構成原理をも解明できなければ、真の意味で謎を解いたことにはならない。パズルとして成立させることは言うまでもなく謎解き小説の必要条件だが、芦辺の場合はさらなる作品基準として、読むに値する物語であるという十分条件が加わるのである。この作者にとっては、いかに読ませるかということが、いかに解く気にさせるか、という動機付けと同等以上の意味合いを持つのである。ページを繰らせるための推進力として謎解きの要素を用いるだけではない。芦辺作品では、すべてを読み終えたとき世界に備わっていた意味が初めて腑に落ちるという構造が採用されているため、読者は物語の完結を強く望むのである。物語を強化する謎解きの二重構造と言うべきか。

そうした要素とはまた別に、芦辺には世界に対する違和表明の意図で書かれた作品群がある。その一つが故郷・大阪を舞台とした一連の小説である。本来は日本のどこにも負けずにモダンかつ民主的な先端都市として発展するはずだった大阪の、あるべき理想とそうはならなかった現実との乖離《かいり》を描く作品をたびたび芦辺は発表してきた。第一回鮎川哲也賞受賞作であり長編デビュー作でもある『殺人喜劇の13人』（一九九〇年刊。

現・創元推理文庫）がまさにその第一作で、以降『時の誘拐』（一九九六年。現・講談社文庫）やその続編『時の密室』（二〇〇一年。現・講談社）など、要所で芦辺は大阪の街を描いてきた。現時点においてその決定版といえるのが、二〇二一年に発表された『大鞠家殺人事件』（東京創元社）である。第七十五回日本推理作家協会賞長編および連作短編集部門と第二十二回本格ミステリ大賞小説部門を同時受賞し、芦辺の新たな代表作となった。

『大鞠家殺人事件』は大鞠一族という旧家を核にした連続殺人事件の物語で、大阪・船場に独特の商家文化が根付いていたことに芦辺は着目し、同地でしか成立しえない〈館〉ミステリーを書いた。かつて松井《まつい》今朝子《けさこ》は『家、家にあらず』（二〇〇五年刊。現・集英社文庫）で大名屋敷の奥御殿をゴシックホラーの舞台となる屋敷に見立ててみせたが、同種の独創性を感じる。『大鞠家殺人事件』はミステリーという小説形式への愛情が鍵になって謎が解けていくという展開が後半にあり、そこがジャンル小説としては第一の美点だと私は思う。物語への愛情が物語を前に進めるのだ。ネタばらしにはならないように注意して書くが、同作でも重要なのはあるべき理想とそうではない世界とのずれなのである。ご存じのとおり、戦火によって大阪の街は焼かれ、伝統や文化を体現していたものの多くが失われた。それもまたずれの一つ。もう一つのずれとして挙げておきたいのは、事件の前提になっているのが大鞠家のある人物が願い、実行しようとした一つの計画だったということである。個人の思いを秘めた計画は、そのままの形では実現されなかった。そのことが多くの者を巻き込む異常事態へとつながっていくのである。規模は異なるが、やはりこれも家族史の小説だ。

『おじさんのトランク』と『大鞠家殺人事件』の執筆はかなり期間が重なっており、双方に影響関係があるはずである。〈おじさん〉の行いを知った〈私〉は「あの狂った時代の狂った世界で、私もまたきっと味方したであろう相手を、〝おじさん〟が何の報酬もないまま命を賭して守ったということが、うれしくもまた誇らしくてならないのだった」と語る。この共鳴、共感は『大鞠家殺人事件』にそのままつながるもので、世界のあるべき姿はどのようなものか、と探し続ける作家のヒューマニスト的感慨が純粋な形で表現されている。世界はもっと清らかなものであるはずだ、と芦辺拓は呟くのである。

初出

おじさんのトランク　「ジャーロ」六十二号（二〇一七年十二月）
おじさんの絵葉書　「ジャーロ」六十三号（二〇一八年三月）
おじさんの植物標本　「ジャーロ」六十四号（二〇一八年六月）
おじさんと欧亜連絡国際列車《ユーラシア・トレイン》　「ジャーロ」六十五号（二〇一八年九月）
おじさんは幻燈の中に　「ジャーロ」六十六号（二〇一八年十二月）
おじさんと私と……　「ジャーロ」六十七号（二〇一九年三月）

二〇一九年七月　光文社刊

装画・扉画　ひらいたかこ
目次・扉デザイン　柳川貴代
図版作成　デザインプレイス・デマンド

光文社文庫

おじさんのトランク　幻《げん》燈《とう》小《しょう》劇《げき》場《じょう》

著者　芦《あし》辺《べ》　拓《たく》

2022年8月20日　初版1刷発行

発行者　鈴木広和
印刷　新藤慶昌堂
製本　榎本製本

発行所　株式会社　光文社
〒112-8011　東京都文京区音羽1-16-6
電話　(03)5395-8149　編集部
8116　書籍販売部
8125　業務部

ISBN978-4-334-79396-8　Printed in Japan

組版　萩原印刷

光文社文庫最新刊

内憂　惣目付臨検　仕《つかまつ》る㈣	上田秀人
おじさんのトランク　幻燈小劇場	芦辺　拓
死屍《しし》の導《しるべ》　警視庁特命捜査対策室九係	渡辺裕之
腸詰小僧　曽根圭介短編集	曽根圭介
女童《めのわらわ》	赤松利市
ちびねこ亭の思い出ごはん　たび猫とあの日の唐揚げ	高橋由太
朝倉かすみリクエスト！ スカートのアンソロジー	朝倉かすみ／北大路公子／佐藤亜紀 佐原ひかり／高山羽根子／津原泰水 中島京子／藤野可織／吉川トリコ
李朝残影　反戦小説集	梶山季之《としゆき》